UN BRUIT SEC ET SONORE

JEAN M. FIRDION

UN BRUIT SEC ET SONORE

JEAN M. FIRDION

DJ ROMANS DIDIER JEUNESSE

« Une fois de plus, les cris retentirent derrière lui,
une fois de plus, le bruit sec et sonore éclata. »
Felix Salten

Prologue

Ils m'agrippent, ils me tirent. Je hurle.

– Arrêtez, je ne veux pas partir !

Ils me soulèvent, ils m'emportent ! Je me défends d'une main, l'autre est crispée sur mon ventre.

– Laissez-moi ! J' vous en supplie, laissez-moi !

Ils m'entraînent avec eux, ils oublient Sébastien.

– Attendez, vous oubliez Sébastien ! Faut pas l'abandonner !

Mes parents ne répondent pas, ils sont devenus fous, ils ne pigent rien, ils n'en font qu'à leur tête. J'ai trop mal pour me débattre, j'arrive même plus à crier.

Papa me porte dans ses bras. Il court presque maintenant, avec mon grand corps qui ballotte. Enfin, pas si grand que ça. Maman nous suit, avec des yeux effarés. Je me cramponne comme je peux. Mes habits me collent à la peau, ils sont trempés de sang. C'est dégueulasse.

Où est-ce qu'on va ? Je ne vois rien dans ces ténèbres, à part un croissant de lune. On avance sans un mot. J'entends le pas lourd de mon père sur la route, sa respiration sifflante.

Les coups de feu résonnent encore dans ma tête.

J'aperçois les fenêtres illuminées de la maison, et le petit jardin. Mes pieds butent contre la porte. Maman l'ouvre en disant :

– Pose-le sur le canapé !

J'atterris sur les coussins. On m'ordonne de m'allonger, je reste roulé en boule autour de la douleur. Papa crie :

– Jérôme, allonge-toi, putain !

Il appuie sur mes jambes, sur mes épaules, me force à m'étendre. Je gémis. Maman court chercher la trousse de secours. Mon père arrache mon T-shirt, puis mon pantalon.

– Aïe !

J'ai froid. Ma mère revient, elle sort des fioles. M'man, t'as compris que j'ai une balle dans le ventre ? Avec tes petits médicaments, tu comptes faire quoi ? D'un geste brusque, elle saisit une grande compresse. Papa s'approche avec une serviette pour m'essuyer le corps. Le tissu se tache aussitôt de rouge. J'ai peur.

Les mains de Maman tremblent. Je sursaute quand elle touche ma peau. Mon père braille :

– Magnez-vous, on part le plus vite possible, sinon ils nous attraperont !

Ma mère se bat avec le pansement et le sparadrap qui ne colle pas. Elle ajoute plusieurs bandes pour que ça tienne en place. Papa me tend des vêtements propres. Je dois les enfiler. Trop difficile, j'y arrive pas. Maman m'aide.

Elle me serre dans ses bras en pleurant. Je vais mourir ?

1

La chambre vide

Assis sur mon lit d'hôpital, j'écoute. Pour l'instant, pas grand-chose, quelques bruits dans le lointain. Et j'attends. Je n'en finis pas d'attendre. Sans trop savoir quoi.

Notre bagnole est partie dans le décor, balancée sur l'autoroute du haut d'un pont. On fuyait, et on s'est plantés. Un crash brutal, avec des dégâts. Le SAMU m'a transporté ici, dans un bled inconnu. Passage au bloc opératoire, à cause de la balle dans le ventre, et coma merdeux, à cause du choc contre le béton. Je m'en suis quand même sorti. Avec des cicatrices et des écorchures. Sur mon bras, des croûtes brunes dessinent les griffures en pointillés.

J'étais en vacances, et tout a viré au tragique. Des types ont surgi un soir, avec leurs flingues... Ils ont tiré... du sang partout... Maman hurlait : « Qu'est-ce que tu as fait ? » Bon Dieu, M'man, j'avais rien fait, j' te jure ! Ce sont des fous, ces mecs ! Je presse mes poings contre mes paupières. Comment me débarrasser de ces cris, de ces images ?

Quelqu'un frappe à la porte, j'ouvre les yeux. Une infirmière entre. Elle s'appelle Lucienne.

– Bonjour, Jérôme. Qu'est-ce que c'est que cette mine chiffonnée ?

Elle affiche un sourire triste, et marche jusqu'à mon lit pour prendre ma température. Température tympanique, heureusement ! Une montre pendouille, accrochée à sa blouse par une grosse épingle de sûreté.

– Euh... j'avais un téléphone portable. Il a été pulvérisé par l'accident. Vous n'en auriez pas un autre à me passer ?

– Tu veux appeler quelqu'un ?

– Non, c'est pour connaître l'heure.

– Ah, d'accord... Je me renseignerai.

– Merci.

Lucienne note le résultat de sa mesure sur la feuille de température.

– Pas de fièvre aujourd'hui, les antibiotiques ont été efficaces. Plus besoin de perfusion.

Parfait. Dès que possible, je rentrerai à la maison. *Dès que possible*, c'est une expression de ma mère. Quand je l'appelle, elle répond : « J'arrive dès que possible ! » et j'attends des heures. Faut une bonne dose de patience pour la supporter. Je râle, mais elle est cool. Pourvu qu'elle n'ait pas été trop amochée par l'accident. J'espère qu'elle se rétablira vite et qu'on fichera le camp d'ici, parce que, franchement, ça craint. Je m'en suis tiré, je ne sais pas comment. Le hasard des hasards, j'imagine.

On a frôlé la catastrophe. Par chance, les secours nous ont rapidement transportés dans l'hôpital le plus proche. Un bon plan, sauf pour ma protection : la porte de ma chambre ne ferme pas à clef ! J'essaie de ne pas paniquer. Normalement, les hommes en noir ne parviendront pas à pénétrer ici, les agents de sécurité les arrêteront, ils ne les laisseront pas passer. C'est leur boulot de nous protéger, non ? Je dis « les hommes en noir » parce qu'ils portent des costards noirs et que je ne connais pas leurs noms. D'accord, ça ressemble à un titre de film, un gendarme m'en a fait la remarque. Un petit malin, celui-là. Réfléchis une seconde, mec ! Quand des types commencent à te flinguer, tu ne vas pas leur demander : « Excusez-moi, messieurs, comment vous vous appelez déjà ? » Ces salauds tirent sans préavis, sans préliminaires diplomatiques !

Au ciné, tu vois la balle qui sort du canon, elle frappe le gus, du liquide écarlate gicle de la blessure, le gars hurle de douleur, il est projeté à dix mètres, et il percute le sol en soulevant des gerbes de poussière. Après, il se tord en braillant des injures, ça dure une heure. Du n'importe quoi ! Dans la réalité vraie, tu entends un bruit sec, tu sens un choc sévère et tu tombes aussitôt. Tu t'écroules simplement parce que tu ne tiens plus sur tes guiboles, sans avoir compris ce qui s'est passé, sans même crier. Et tu ressens un sacré malaise, même si tu ne souffres pas encore, ou pas à un endroit précis du corps. Tu ne piges pas que tu as une plaie qui pisse le sang, tu ne t'en aperçois pas tout de suite. Pourtant, tu as déjà les mains dessus, elles savent qu'il y a quelque chose d'alarmant de ce côté-là, et elles essaient de colmater la brèche. Quand j'ai raconté ça à mon chirurgien, le docteur Hepstein a approuvé de la tête, il connaît ce genre de choses. Il était venu me donner des détails sur mon opération, pour me rassurer, je suppose.

– Votre lésion au foie n'a pas eu de conséquence grave, le projectile était de petit calibre. Heureusement qu'on ne vous a pas tiré dessus avec du neuf millimètres, la balle n'est pas passée loin de l'artère hépatique.

– Je l'ai bien sentie quand même.

Le médecin s'est fendu d'un vague sourire. Ensuite, il a palpé mon ventre. Il paraissait satisfait de son boulot. Moi, pas tant que ça. J'ai l'impression de me déchirer en deux dès que j'essaie de me relever dans le lit. Hepstein s'en fiche, il se préoccupe uniquement des signes d'infection. Comment je fais pour m'asseoir ? « Doucement ! » crient les blouses blanches. Et, chaque fois, je me sens étripé, c'est chiant. On ne me donne aucun médicament valable contre la douleur, pas plus pour soulager celle du bide que pour calmer les migraines qui me ravagent la tête depuis le crash. Quand je réclame de la morphine, les infirmières refusent en rigolant, et je récolte un petit comprimé qui n'apaise rien du tout. Elles craignent que je devienne complètement défoncé ? Ça ne risque pas, j'ai déjà fumé un joint, aucun effet ! Ou alors, on m'avait trompé sur la marchandise.

Le pire du moche, c'est que le chirurgien avait trouvé malin de planter un drain dans la plaie, une lame en plastique qui dépassait de plusieurs centimètres. L'horreur totale ! Heureusement, on me l'a retirée peu de temps après mon réveil du coma. Je stationnais encore dans le service de réanimation, avec des appareils et des lumières clignotantes partout. Tomber d'un pont n'est pas bon pour la santé, j'ai failli y rester. Lucienne me traite de rescapé.

Mes parents avaient décidé de rentrer en urgence à Paris. Pourquoi pas, mais s'enfuir en bagnole avec des malfrats au cul, ça ne garantit pas un trajet paisible. Mon père paniquait. Enfin, il n'était pas vraiment zen au volant, ça chahutait pas mal. Depuis les coups de feu, on naviguait dans l'affolement, on baignait dans la déroute. Papa conduisait le pied au plancher. Il m'avait balancé sur le siège arrière. Je me cramponnais à la ceinture de sécurité, et je tremblais. Des frissons me secouaient partout à l'intérieur, avec cette sale douleur qui me perforait le ventre. Je continuais à saigner. C'était effrayant de sentir le liquide chaud déborder des compresses. Les phares éclairaient la chaussée, j'ai aperçu un grand virage, avec le pont un peu plus loin. Mes parents hurlaient des mots incompréhensibles. La bagnole filait à une vitesse folle. Rien n'était normal : les vibrations de la carrosserie, la pluie crachinant, la route déserte, les éclats de voix...

Aïe, ma migraine revient, elle me vrille le cerveau, elle me torture le crâne... Il y a un paquet de toubibs ici, et pas un qui soit capable de me soulager ! Je pose ma tempe contre le montant frais du lit... la douleur se calme un peu... oui, elle diminue...

Je parlais de... je ne sais plus... si, de la voiture qui fonçait vers la courbe. À ce moment, une auto noire nous a rattrapés.

Le capot du moteur est apparu à côté de nous, puis l'habitacle avec des fenêtres teintées. La grosse berline avançait plus vite que la nôtre, sans effort et sans bruit... Pourquoi je dis « sans bruit » ? Quelle stupidité, il y avait un boucan du diable, des tonnes de décibels ! Ma mémoire flanche complètement, l'accident m'a bousillé des neurones. Une vitre de la bagnole s'est abaissée et j'ai reconnu le type. Pas besoin d'un dessin, j'ai compris qu'on n'échapperait pas à cette bande de fous furieux. Papa les a aperçus. À mon avis, il a essayé quelque chose. Une dernière tentative. Difficile, à cause du virage qui se précipitait sur nous. Avec le pont. Et mon père a raté son coup. La voiture a dévié sur le côté, une trajectoire dingue, en plein dans la rambarde de sécurité, impossible d'éviter le crash. Et on a basculé sur l'autoroute. Je ne me souviens pas du choc. En revanche, j'ai encore le bruit dans les oreilles. Un fracas terrible. Je l'entends chaque nuit, il m'empêche de dormir.

J'aurais pu avoir les jambes écrasées, les bras en morceaux. Non, c'est surtout la tête qui a trinqué. Lucienne m'a raconté le sauvetage.

– Les pompiers ne parvenaient pas à te sortir des tôles broyées, alors ils ont découpé la carrosserie avec un désincarcérateur hydraulique.

– Comment vous savez ça ?

– L'équipe du SAMU nous donne des détails pour une meilleure prise en charge du blessé.

– Et quoi d'autre, comme détail ?

– Tu avais perdu beaucoup de sang, on t'a transfusé sur place.

Pas étonnant, dans la voiture je me vidais lentement, comme une baignoire. Résultat du plantage sur l'autoroute : plusieurs jours dans le coaltar. J'ai réussi à émerger du trou noir, avec des tuyaux partout, des capteurs, des perfusions, des sondes, sans savoir ce qui m'arrivait, ni même qui j'étais. Je m'en sortais à peu près vivant, fallait voir le côté positif dans ce merdier.

J'ai une chambre pour moi tout seul. Sur les murs blancs, aucune décoration à part ma feuille de température scotchée en face du lit. Je porte pour tout vêtement une « blouse d'hôpital ». Cette espèce de chemise s'arrête à mi-cuisse et se ferme par-derrière avec un nœud au niveau du col. Un habit totalement indécent. Quand je me lève, j'ai le cul à l'air ! On m'a passé un grand peignoir de bain qui me descend jusqu'aux pieds. Mes mains ne sortent même pas des manches. Merci du cadeau ! Les infirmières rigolent. Pas moi. J'ai réclamé un pyjama, un vrai, sans rien obtenir. À cause de l'accident, nos affaires se sont répandues sur la chaussée. La pagaille dans le coffre a giclé dans la gadoue, avant d'être piétinée par les pompiers. Donc, je garde ma tenue d'interné psychiatrique. Mon aspect pitoyable n'a ému personne à l'hosto, ils s'en fichent royalement.

Bien sûr, j'aurais pu râler. Ce n'est pas mon genre. Je ne la ramène pas, je ne suis pas grande gueule. Mon père me critique à cause de ça, il me reproche de « manquer de cran » pour m'affirmer, d'être « timide et renfermé ». Des fois, il s'énerve en plein repas :

– Prononce un mot de temps en temps, parle, articule ! Dis quelque chose ! Montre-moi que tu n'es pas un *zombi* !

J'essaie de bredouiller un truc :

– Euh, j'ai rien d'intéressant à raconter…

Ma réponse est super nulle, alors il m'engueule encore plus. Au bahut, les gars et les filles pensent que je suis indifférent à tout ce qui m'entoure, complètement à l'ouest. Quand un prof me crie dessus, je souris bêtement, parce que je ne sais pas quoi faire d'autre. Du coup, il me traite d'insolent ou d'imbécile. Parfois les deux. Les camarades ricanent. Je crève de détresse et personne ne s'en aperçoit. De temps en temps, je craque.

Quand c'est trop dur, ou trop injuste. Les gens me regardent alors d'un air stupéfait, comme s'ils découvraient que j'étais capable d'éprouver des émotions.

Pauvres tarés, je suis capable de beaucoup de choses. Parfois même, de choses terribles.

2

Questions sans réponse

AAAHH !

Réveil en sursaut... allongé en travers du lit, dégoulinant de sueur... Qu'est-ce que... ? Ah oui, l'hôpital... Je m'essuie le visage avec un pan de ma « blouse ». Encore un rêve à la con... avec un flingue pointé sur moi. Ces saletés de cauchemars m'épuisent les nerfs.

Le pansement autour de mon crâne est trempé, il glisse d'un côté. Aux urgences, on m'a rasé les cheveux pour que le chirurgien me recouse la tête. J'étais dans le cirage, personne ne m'a demandé mon avis. Je me suis réveillé en salle de réanimation avec la boule à zéro. On m'a transféré ensuite au service de gastro-entérologie. « Il vous faut du calme et du repos », me disait le toubib. Ça n'a pas empêché un gendarme de vouloir m'auditionner. Un grand baraqué qui s'est présenté comme « officier de police judiciaire ». Gendarme et policier, un mec important. Moi, je suis témoin et victime, pas sûr que ce soit important pour lui. Une femme en uniforme l'accompagnait. Elle a posé un micro à côté de moi. « J'enregistre vos paroles. » Du coup, leur petite réunion ressemblait plus à un interrogatoire qu'à une rencontre amicale. « Répondez clairement ! » Le flic s'énervait, parce que ma description des événements ne collait pas avec les constatations de terrain : pas de gomme arrachée sur la chaussée, pas de signe d'accrochage entre deux autos, aucune trace des hommes en noir. Évidemment, ils ne laissent pas leur carte de visite ! Le keuf s'entêtait à réclamer du concret : plaque d'immatriculation, modèle du véhicule, des noms, un mobile. J'étais seul, sur mon lit d'hôpital, pour répondre à ses questions tordues.

– Vous ne vous rappelez pas grand-chose.

– Ben non.

– Votre blessure balistique est survenue *avant* votre départ en voiture ?

– Ben oui.

– Vous avez vu la personne qui a tiré sur vous ?

– C'est un des types de la bagnole qui nous a poussés sur le pont.

– Ceux de l'accident sur l'A38 ?

– Ouais.

– Vous les connaissiez ?

– Non.

– Pourquoi vous a-t-on agressé ?

– J'en sais rien !

Le gendarme me scrutait, comme s'il doutait de ma santé mentale.

– Ils avaient bien une raison quand même, un conflit, une embrouille ?

– Comment voulez-vous que je le sache ?

– Vous vous trouviez avec vos parents au moment de la fusillade ?

Ce soir-là, je n'aurais pas dû passer voir mon copain Sébastien. Pas prévu, pas permis. Du coup, j'avais filé en douce, après le dîner, sans rien dire. « Tu as désobéi ! » hurlait mon père, pendant que Maman me soignait sur le canapé. « Tu n'avais pas le droit de sortir ! » Ça servait à quoi de crier, c'était trop tard...

Dans la chambre blanche, le mec en bleu attendait que j'ouvre la bouche. Répondre la vérité m'aurait attiré des ennuis, alors j'ai approuvé de la tête. Il a gobé le mensonge.

– Vous avez été le seul blessé ?

– Maman et Papa n'ont pas été touchés.

– Et vos agresseurs se sont enfuis ?

– Ouais. Je sais pas comment, j'étais par terre avec la balle dans le ventre.

– Il était quelle heure ?

– Vers minuit.

– Les tirs se sont produits à Rémilly-le-Haut, dans votre lieu de vacances ?

– Non, à côté... pas loin.

– Où ça ?

– J' me rappelle plus exactement.

– Et que s'est-il passé entre ce moment et l'accident sur l'autoroute, vers deux heures ?

– On est retournés à la maison prendre nos affaires.

– Ça fait beaucoup de temps pour « prendre vos affaires », vous ne trouvez pas ?

– J' me souviens plus, j'étais pas très net, j'avais mal.

– Le SAMU a mentionné un bandage précaire sur votre blessure. Vous avez été soigné par vos parents à ce moment-là ?

– Oui, ma mère avait bricolé un truc avec des compresses pour stopper le sang, mais son pansement n'arrêtait pas grand-chose.

– Et votre père ?

– Papa ? Il jetait les vêtements.

– Comment ça ?

Le gendarme soulevait ses gros sourcils avec l'air de ne pas piger un broc de ce que je racontais. J'ai expliqué :

– Ben, dans le coffre de la bagnole. Il ne les a pas rangés dans les valises, pour gagner du temps. Après, on est partis pour Paris. Enfin, on a tenté le coup.

– C'est étrange que ces hommes en noir ne vous aient pas retrouvés à Rémilly, vous ne trouvez pas ?

Qu'est-ce que je pouvais répondre à ça ? Que ces types préféraient provoquer un accident discret plutôt que flinguer une famille sauvagement ?

– Vos parents ne paraissaient pas se diriger vers un centre de secours ni une gendarmerie. Pourquoi donc ?

Qu'il aille leur demander ! J'ai fermé les yeux en prenant un air misérable. Avec mes bandages et mes perfusions, ça les a refroidis. Les deux gus ont remballé leur matériel, et ils sont partis. Fin de l'audition. J'ignore ce que donne leur enquête.

Lucienne m'a passé le journal du coin, pour me « distraire ». Tu parles ! J'ai lu le scoop de la première page : « Pénurie d'eau à Flavigny, le réseau est coupé la nuit. » Qu'est-ce que j'en ai à foutre ! Allongé sur le dos, je détaille des microfissures au plafond. Le temps semble s'être arrêté ici, les minutes durent des plombes. Ah, du charivari dans le couloir. Le docteur Hepstein entre, suivi de son escorte de blouses blanches. Il affiche une bedaine avantageuse et n'a pas un cheveu sur le caillou.

– Comment se porte notre blessé aujourd'hui ?

– J'ai des maux de tête terribles.

– Je vous ai prescrit un antalgique.

– Ça fait que dalle !

– Cette molécule agit contre la douleur, ne vous persuadez pas du contraire.

Je ne me persuade de rien du tout ! Le doc triture mon côté couturé. J'évite de crier. Fin de l'examen. Vite, j'en profite pour lui dire un truc important :

– Docteur, j'aimerais qu'on me conduise auprès de mes parents. Pas longtemps. Juste pour leur parler un peu. Je ne les ai pas vus depuis l'accident.

– Ah… Pas possible pour l'instant.

Il tourne les talons, et il sort d'un pas rapide. En voilà un que mes demandes intéressent ! Est-ce qu'il réalise que j'ai besoin d'eux *maintenant* ? Parce que ça ne va pas fort, pas fort du tout. Pourquoi ce type se défile ? Papa et Maman ont certainement morflé. Qu'est-ce qu'ils ont de cassé ? On les a amputés de quelque chose ? Ma mère est toute menue, faites gaffe, doc ! M'man, t'as pas trop mal ? Tu dérives dans le coma, comme moi ? Tu sais, ça m'est arrivé, alors t'en fais pas, tu t'en sortiras !

J'enfonce ma tête dans l'oreiller. Pourquoi ces tarés de toubibs ne donnent aucun renseignement ? Ce n'est pas normal ! Peut-être que mes parents sont gravement blessés – mais pas morts, sinon on me l'aurait dit.

Forcément, on me l'aurait dit.

3

Un nouveau médecin

Je passe un scanner de contrôle. Des heures à poireauter dans les sous-sols de l'hosto, des heures à rester allongé dans l'appareil *sans bouger*, ça n'en finit plus... Enfin, on me libère. Un brancardier bourru me rapatrie à mon étage. Il me véhicule sur un fauteuil roulant à cause de ma cheville esquintée. Les gens que je croise me regardent avec un air apitoyé, genre : le pauvre handicapé. Ça fait un drôle d'effet. Dans l'ascenseur, je n'ose pas adresser la parole au type à côté de moi. Il me déteste, ou il déteste son job. Nous arrivons à destination. Je grimpe sur mon lit en pinçant le dos de ma blouse pour masquer ce que je peux. C'est d'un pratique ! Le mec dégage fissa.

La chaleur est montée d'un cran. Canicule, dit Lucienne. Une porte de ma chambre donne sur des toilettes, avec un lavabo, une douche et des W.-C. Très appréciable, ça m'évite de sortir dans le couloir avec mon espèce de liquette. Je pars me rafraîchir dans ma salle d'eau privée. Le miroir me renvoie l'image d'une tête plutôt moche, avec un nez qui commence à me manger le visage. Pourquoi ce pif cherche à grandir plus vite que tout le reste ? Bientôt, on ne verra plus que lui. L'apothéose du pire, c'est quand il s'orne d'un bouton d'acné, bien visible, bien enflé, comme un viseur sur le canon d'une kalachnikov. Alors, mon père y va de sa remarque subtile : « Voilà le printemps, tu bourgeonnes ! » Faut pas s'étonner après si nos conversations tournent court.

J'ouvre le robinet en grand. Je m'asperge les joues, les bras. Hum, un peu de fraîcheur ! Je retourne en clopinant dans ma chambre. Toujours pas de nouvelle de ma famille. Je me rappelle l'époque où ma grand-mère souffrait de son cancer, je devais rester à distance pour éviter de lui transmettre des microbes. J'imagine que c'est le cas pour mes parents, les médecins me tiennent à l'écart encore un petit moment. Ensuite, on sera de nouveau ensemble. On n'a pas eu de veine, il pleuvait et le pont se trouvait au mauvais endroit. Notre bagnole risque de ne plus très bien rouler maintenant qu'elle a bouffé du bitume. Pas grave, on en rachètera une autre. Question santé, mon crâne est à peine cabossé et la balle a été extraite sans hémorragie. Quant à mes parents... disons qu'ils ne tarderont pas à se rétablir. Ma famille est sympa, même si elle fonctionne bizarrement. Mon père bosse dans les parcs et jardins de notre commune, et ma mère travaille à la Poste. Des boulots pas vraiment cool, mais avec des euros à la fin du mois. Il n'y a pas de raison, tout va s'arranger. Dès que nous serons remis sur pied, on fichera le camp. Faut surtout pas s'attarder ici, les hommes en noir risquent de vouloir finir ce qu'ils ont commencé.

Bon sang, si je pouvais empêcher mon cerveau de penser sans arrêt aux coups de feu, ma vie gagnerait en sérénité ! À plat ventre sur le plumard blanc, je baigne dans ma sueur. Fenêtre fermée, trop de chaleur dehors. Les pansements deviennent insupportables, mais interdiction de les enlever, de les soulever, de les gratter... en dépit des démangeaisons, des irritations, des picotements ! En réa, j'en avais un autre sur ma poitrine badigeonnée avec une pommade au parfum ignoble. L'arrêt de la voiture n'avait pas été du genre moelleux, la trace de la ceinture de sécurité balafrait mon torse. « Vous avez eu une sacrée chance », me répétait le chirurgien. Ben voyons, plonger en bagnole du haut d'un pont, je ne pouvais pas rêver mieux !

Quelle heure est-il ? Toujours pas de smartphone. Je navigue dans un brouillard temporel, sans point de repère. Ah, si, on m'a déjà apporté le déjeuner. Le plat du jour : des salsifis dégueu et un morceau de semelle racorni. Je n'y ai presque pas touché. Dans cet hosto, les cuisiniers ignorent le hamburger-frites. J'ai réussi à avaler les carottes râpées râpeuses et la compote de pommes baveuse. Plus tard, la brave aide-soignante a récupéré le plateau. Je dis « brave », parce qu'elle ne m'engueule pas, contrairement à une peste qui me balance des reproches et des ordres impérieux : « Tu dois manger *tout* ce qu'il y a dans ton assiette ! » Donc, en comptant le séjour interminable au sous-sol, j'en déduis qu'il est quatre ou cinq heures de l'après-midi. Enfin, je crois... Parfois, je ne me souviens plus d'informations importantes. Mon adresse, par exemple. Une blouse blanche me l'a demandée, l'autre jour. Sur le moment, j'ai été incapable de sortir quoi que ce soit. Effarant ! Je voulais lui répondre, mais impossible de me rappeler la ville de banlieue où j'habite. Alors, j'ai fermé les yeux, je me suis vu remplir ma fiche individuelle au collège. J'ai commencé : « J'habite... » et mes lèvres ont prononcé le nom de ma rue, le numéro de l'immeuble, la commune, le code postal. Incroyable ! Normalement, on n'oublie pas son adresse ! D'ordinaire, on pense les mots avant de les prononcer. Qu'est-ce qui m'arrive ?

Je me retourne sur le dos pour trouver un endroit frais. Cette chaleur m'anéantit. Quelqu'un toque à ma porte. À travers la fente de mes paupières, j'observe le type en blouse blanche qui entre. Il marche jusqu'au fauteuil près de la fenêtre, et s'assoit. Une paire de lunettes repose sur sa poitrine, retenue par des attaches qui passent derrière sa nuque. Il porte une barbe avec une moustache abondante. Pas de cravate, mais un nœud papillon. Il tient une feuille à la main, et un carnet. Au moment où il relève la tête, je saisis son regard sombre, perçant. Il a pigé que je ne dormais pas. Je me redresse *doucement* dans le lit.

– Bonjour, Jérôme. Je m'appelle Philippe Bertin. Je suis psychiatre.

Un psy ? Eh, je ne suis pas cinglé ! C'est à cause de ma blouse d'interné ? De mon crâne emmailloté ? Il continue :

– Je viens auprès de vous pour que nous évoquions ce qui vous préoccupe, ou ce qui vous est arrivé.

Pourquoi revenir sur le passé ? D'accord, je perds un peu la mémoire, mais pas au point d'être amnésique ! Mon silence ne le gêne pas.

– J'aimerais qu'on discute un moment ensemble.

Déjà que « discuter » avec ma famille ne me passionne pas des masses, je ne risque pas de bavarder avec un type que je ne connais pas ! Je fais non de la tête.

– Je comprends ça, vous voyez défiler du monde dans votre chambre : des infirmières, un kiné, un chirurgien, et voilà un médecin de plus ! Rassurez-vous : avec moi, pas de comprimés ni de piqûres. Seulement des paroles, pour essayer de soulager votre anxiété, si vous en avez... ou d'autres malaises.

Des angoisses me bouffent le cerveau, doc ! Mais c'est trop compliqué à expliquer, vous ne connaissez pas ma vie. Qui a versé dans le tragique. Un truc hyper moche, que je n'ai pas envie de raconter. Je me penche pour gratter une croûte sur mon bras. Quand je lève les yeux, le psy reprend la conversation :

– Vous avez subi un traumatisme crânien, vous en souffrez encore ?

– Des migraines, de temps en temps.

– Et la cheville ?

Il passe en revue mes blessures, peut-être pour évaluer si je suis prêt à quitter l'hosto ? Je joue le gars en pleine forme, quasi guéri. Il semble surpris.

– Vous savez, pour l'instant, je vous connais uniquement au travers de votre dossier médical. Il est très détaillé. Pourtant, il ne m'apprend pas grand-chose sur vous.

Il place ses lunettes sur son nez et parcourt la feuille qu'il a entre les mains, puis il me la tend.

– Voyez vous-même.

Centre Hospitalier de Saulieu

28 juillet 2018

Dr D. Hepstein au Dr P. Bertin

Patient: Jérôme Louvart (chambre 312), 14 ans [1,60 m / 45,2 kg]; admission le 24 juillet, AVP (passager automobile).

Rappel clinique: 1) Traumatisme cérébral (score de Glasgow = 7), plaie à la tête (pariétal supérieur droit) avec section du cuir chevelu et contusion du sphénoïde gauche. 2) Plaie pénétrante au côté droit (sous la 9e côte) antérieure à l'accident: derme sectionné avec déchirure du grand dentelé et lésion du segment VI du lobe hépatique. 3) Hématome sous-capsulaire de la rate, sans saignement. 4) Cheville gauche: élongation du court péronier latéral. 5) Contusion de la cage thoracique.

Interventions: Pour le pariétal supérieur, 12 points de suture; pour le sphénoïde, glaçage; pour le côté droit: extraction du projectile, drainage, 18 points de suture.

Conclusion: récupération de la motricité + + + après 48 heures de coma, plaie pénétrante à contrôler dans 3 mois, prescription de 5 séances de kinésithérapie pour la cheville gauche.

– Eh bah, ils en ont eu, du boulot, avec moi !

– Vous étiez polytraumatisé.

– Pourquoi ils parlent de Glasgow ?

– Un Glasgow de 7 signifie un coma lourd, les médecins étaient inquiets.

– J'ai failli ne pas en sortir ?

– Oui.

– Ben merde alors.

– Heureusement, votre santé s'est bien améliorée. Pour compléter ce bilan clinique, le docteur Hepstein m'a demandé une évaluation psychologique.

– Il pense que j'ai le cerveau en vrac ?

– Pas du tout. Votre accident a pu ébranler votre psychisme, à cause du choc, de la douleur, etc. Dans ce cas, nous vous soignerons.

– Je ne suis pas du tout « ébranlé » !

Même si ma tête a reçu des coups, je ne suis pas fêlé pour autant ! Je lui rends sa feuille, je la jette presque. Il peine à l'attraper au vol. Qu'est-ce qui ne leur plaît pas chez moi ? Je suis un ado comme les autres, non ? Au collège aussi, certains me trouvent bizarre, et ils me tournent le dos. Quels tarés ! Je ne suis pas « bizarre », je suis du genre gentil, mais ces imbéciles n'en ont rien à fiche, ils ne me veulent pas dans leurs pattes. Dégage ! Fous le camp ! Je les agace, je les irrite. Ah ouais, parce que je ne suis pas doué pour les blagues sous la ceinture, les concours de connerie, les coups tordus. Maintenant, mon chirurgien me traite de rescapé détraqué. Désolé, mais ce doc dérape complètement : il écrit « récupération + + + » sur son torchon alors que j'ai des migraines + + + et que je boite comme un vétéran de la guerre en Irak ! Le psy continue :

– Après un événement violent, il est fréquent de ressentir de la frayeur, d'éprouver des sentiments de hantise, et même parfois de panique. On parle alors de stress post-traumatique. Nous pouvons soulager ces perturbations psychologiques.

Je suis « perturbé » maintenant ?

– Les mots qu'on prononce permettent d'apaiser les tensions présentes dans son esprit, de calmer les émotions négatives qui nous dérangent, qui empoisonnent notre existence.

J'ai pleinement conscience qu'il empoisonne la mienne avec ses petites réflexions merdiques. Je ne suis pas siphonné du cortex ! Mon silence ne le gêne pas, il poursuit :

– Je ne viens pas en ennemi. Au contraire, je suis là pour vous aider à vous libérer des mauvais souvenirs. De quoi aimeriez-vous me parler ?

Une réponse s'impose soudain, évidente :

– De pyjama.

– Pardon ?

– Il m'en faudrait un. On m'a filé cette espèce de blouse. J'ose même pas me lever, parce que... vous voyez... c'est plutôt indécent, quoi.

– Je comprends.

– J'ai demandé aux infirmières, elles s'en moquent totalement.

– D'accord, je me renseignerai. Changeons de sujet si vous voulez bien : avez-vous des troubles du sommeil ?

– Non.

S'il se met en tête de soigner aussi mes cauchemars, je ne suis pas près de partir ! Pas question de devenir le patient de tous les toubibs du coin. Il garde son stylo suspendu en l'air, il n'a rien à écrire. Tant mieux.

– Au cas où vous ne le sauriez pas déjà, vous vous trouvez dans l'hôpital de Saulieu, aux portes du Morvan. Vous rappelez-vous votre arrivée ici ?

– Je me souviens du tuyau.

– Ah bon ?

– Je me réveillais du coma. J'ai senti un tuyau dans ma gorge, et ça me gênait. Je ne comprenais pas ce qui se passait. Je respirais mal. J'ai voulu retirer ce truc. Impossible, des liens m'empêchaient de bouger les bras et les jambes. Je me suis débattu, et j'ai paniqué au point de m'étrangler. J'ai commencé à m'étouffer, je suffoquais en mordant le métal. Je me voyais crever, piégé comme une bête. Finalement, quelqu'un s'est affolé à mon sujet, et il a brusquement enlevé le tube. J'ai eu mal à la gorge pendant des heures.

– Un moment difficile, en effet.

– Très.

– Parlons maintenant de votre accident. Quels souvenirs en gardez-vous ?

Encore le crash ? Je l'enverrais bien se renseigner auprès du gendarme-policier, mais le gus en uniforme risque de le convaincre que je suis déglingué du cerveau. Je raconte donc, une *nouvelle* fois, qu'on roulait pour rejoindre l'autoroute venant de Dijon et remonter sur Paris. On approchait du virage, avec le pont. La grosse bagnole a surgi à côté de nous... Mon cœur se met à galoper, je cherche mon souffle... Le doc patiente. Mon poing serre un bout de drap. Vite, j'ouvre la main, sinon il le marquera dans son carnet.

– Qui se trouvait dans cette voiture ?

– Les hommes en noir. Un des types avait baissé sa vitre.

– Il vous observait ?

– Non, il regardait mon père.

– Que s'est-il passé ensuite ?

– À cause d'eux, on a dévié vers la rambarde, et on a basculé dans le vide. Il y a eu le bruit du choc. Je l'ai encore dans les oreilles, je n'arrive pas à m'en débarrasser.

– Ne vous inquiétez pas, avec le temps, il s'atténuera.

Il attend que j'ajoute quelque chose. Je me tourne vers la fenêtre. Le ciel n'est pas bleu, il est blanc. Des nuages en altitude ? Il reprend :

– Connaissez-vous ces individus « en noir » ?

D'un mouvement de tête, je réponds non. Il revient sur sa théorie : évoquer les épisodes douloureux que j'ai vécus m'aiderait à mieux les supporter. Tu parles, ce n'est pas lui qui doit affronter mes cauchemars. Je suis seul dans ces moments-là.

– Si je comprends bien, Jérôme, ces gens ont provoqué votre sortie de route.

– Ouais, on s'est plantés à cause d'eux, ils nous ont fichu la trouille.

Mon père a paniqué, complètement paniqué.

– Pourquoi ces hommes vous effrayaient-ils autant ?

Le psy veut fouiller dans mon crâne. Désolé, je n'aborderai pas le sujet des coups de feu. Surtout pas cette folie, les cris, le sang, Sébastien... Je hausse les épaules. Qu'il se contente de ça. Une goutte de sueur dégringole le long de mon nez. Je l'essuie d'une main. Ce toubib compte me questionner encore longtemps ? Parce que ce n'est pas confortable de subir un interrogatoire assis dans un plumard. Je me rallonge sous le drap. Du coup, cette saleté de chemise me remonte jusqu'à la poitrine ! Je tire dessus pour la ramener sur mes cuisses. Le doc ne bouge pas de son fauteuil.

– J'ai appris que les gendarmes ont lancé un appel à témoins.

– Ça sert à rien, la route était déserte !

– Ils souhaitent sans doute vérifier.

– Ils perdent du temps avec ces conneries. En attendant, personne ne me protège ici.

– Pour quelle raison devrait-on vous protéger ?

Je me tourne sur le côté. Un jour, j'aimerais bien ne plus avoir peur.

– Jérôme, en ce moment, quel sentiment éprouvez-vous ? Vous vous sentez triste, anxieux, préoccupé ?

– Inquiet.

– Oui, concernant votre sécurité.

– Et aussi parce que je ne sais pas dans quelle chambre sont mes parents. Je voudrais leur parler.

– Ah, on ne vous a pas informé que... Le docteur Hepstein ne vous a rien dit ?

– Non. J'ai demandé, et personne ne me répond !

– Ce n'est pas normal, je vais voir ça avec votre chirurgien.

J'espère qu'il réussira à se renseigner. Quand c'est moi qui pose les questions, le résultat est plutôt douteux. Franchement médiocre, même. Ils se sont donné le mot pour m'empêcher de les retrouver ? Ils ont la trouille de quoi ? De qui ? Le psy m'assure qu'il s'en occupera rapidement. Il me le promet. Je lui dis que je suis fatigué. Lui demande qu'il revienne plus tard, avec un pyjama. Et des infos sur mes parents.

Il sort. Le grand fauteuil reste vide. Je m'y suis assis l'autre jour, le revêtement en plastique colle à la peau. C'est *très* désagréable. Purée, la température devient insupportable. J'agite mon drap pour créer un courant d'air. Mauvaise idée, ça me donne encore plus chaud.

Est-ce que mes parents savent dans quelle chambre je suis ? Ils pourraient venir me voir. Juste un instant, pas longtemps. Parce que j'ai besoin d'eux. Après ce qui s'est passé, j'ai vraiment besoin d'eux.

4

Le vase de fleurs

Lucienne débarque avec un chariot. J'adore cette infirmière, toujours de bonne humeur, toujours prête à rendre service. Je n'ai jamais rencontré une personne aussi dynamique. Plus petite que moi et vingt fois plus grosse, elle trottine à une vitesse incroyable. J'ai entendu des gens l'appeler Bouboule. J'étais hyper gêné, elle non. Au lieu de se vexer, elle rigole.

Elle se poste à côté de moi, les poings sur les hanches.

– Jérôme, j'ai du travail avec toi aujourd'hui.

– Ah bon ?

– Je t'en ai parlé hier !

– Pourquoi je me souviens jamais de rien ?

– Parce que tu n'écoutes pas ce que je te dis.

– Mais si, j' vous jure, j'ouvre grand mes oreilles !

– Alors, ouvre aussi tes chakras, je vais enlever ton turban.

– Quoi ?

– Ton pansement autour de la tête !

– Ah, sympa.

– Pas du tout, c'est le protocole de soins, jeune homme. Comme ça, tu auras moins chaud au crâne, et les idées plus claires peut-être.

– Parce que je suis embrouillé ?

– Autant que mon mari. Ne bouge pas, je te pschitt du désinfectant. Ça pique ?

– Pas du tout.

– Tant mieux, pas de gangrène, pas d'asticot dans la plaie.

– Beurk !

– Voilà, une belle compresse avec un magnifique sparadrap rose ! Dis donc, j'ai l'impression que tes cheveux ne repousseront jamais.

– Ha ha, trop drôle !

Lucienne plaisante toujours, j'aime trop. Elle profite de son passage pour poser sur ma table de chevet un petit vase avec des fleurs jaunes de son jardin. Merci. Hier, j'ai interrogé Bouboule pour savoir le numéro de chambre de mes parents. Elle m'a assuré que seul Hepstein connaît la réponse. C'est une info top secret ? Tiens, revoilà le psy, les mains dans les poches de sa blouse blanche. Il a oublié mon problème de chemise de nuit. Ici, les gens font vachement attention à ce que je demande. Le doc se gare près de la fenêtre.

– Votre chirurgien n'est pas encore passé ?

– Non, pourquoi ?

– Il désire s'entretenir avec vous.

– Il vient me renseigner au sujet de mes parents ?

– Exactement.

Enfin, ils en ont mis, du temps, à se décider ! C'était si difficile ? Le toubib s'assoit dans le fauteuil, et on attend Hepstein… qui tarde à montrer sa bedaine… Plutôt embarrassant de poireauter avec un psy en face de soi. Il pense que je vais causer avec lui ? Ben non : pas de pyjama, pas de confidence ! Je pars me laver les mains dans ma salle d'eau. Il parle fort pour que je l'entende malgré la flotte qui gicle dans le lavabo.

– Je me suis entretenu par téléphone avec le capitaine Larrieu.

– Qui ça ?

– Le chef de la gendarmerie de Saulieu. Il m'a donné des renseignements sur votre accident.

Je ferme le robinet. Le doc ne continue pas. Ce n'est pas que je sois très curieux, mais j'aimerais savoir si les flics sont sur une piste.

– Qu'est-ce qu'il vous a raconté ?

– Le virage où votre voiture a percuté la rambarde n'est pas réputé pour être dangereux. Le pont se situe dans la descente du mont Pouilly, l'ouvrage est conforme aux règles de sécurité. Pas de trace de freinage sur la chaussée. Les enquêteurs ont relevé plusieurs débris qui pourraient provenir d'un autre véhicule, l'analyse est en cours.

Parfait, ça leur donnera des indices. Je reviens à mon lit en tirant sur les pans de ma blouse pour éviter que… Il continue :

– Vous étiez en vacances dans un village nommé Rémilly-le-Haut, n'est-ce pas ?

– À peine un village, quelques maisons. Le bourg est en dessous, il s'appelle Rémilly-le-Bas. Ils ont une imagination folle dans le coin.

– Le capitaine m'a signalé que vous aviez oublié du linge dans la machine à laver. Votre départ a été précipité, non ?

On croirait qu'il veut se lancer dans un interrogatoire en règle. Pourquoi chercher des détails sur notre fuite ? En quoi ça le regarde ?

– Bah, on se dépêchait.

– Vous pensiez être davantage en sécurité en région parisienne ?

– Ce sont mes parents qui ont pensé ça. Moi, j'étais pas en état de cogiter quoi que ce soit.

– Vous avez été blessé par une balle de calibre .22 long rifle, n'est-ce pas ?

– Oui, du « petit calibre ».

– On utilise rarement ce genre d'arme pour un règlement de compte.

Je ne vois pas en quoi le calibre a de l'importance. Si le type vise bien, il dessoude qui il veut. Le psy attend *vraiment* une réponse, là ?

– Vous avez déclaré aux gendarmes que ces individus ont ouvert le feu sur vous et vos parents. Cette agression a été terriblement violente.

– Ben oui. Je ne me serais jamais douté qu'un jour on me tirerait dessus.

– Vous vous rappelez comment c'est arrivé ?

– J'ai vu le type avec un flingue, il y a eu un claquement sec, et je suis tombé.

Zut, j'ai encore ce fichu drap dans le poing. Pourquoi je m'agrippe à ce bout de tissu ? Je le lâche. Le doc semble attendre la suite. Il attendra longtemps. Je m'intéresse à ma table de chevet, j'arrache une de mes fleurs jaunes pour compter les pétales. Mon copain Sébastien habite à côté de Rémilly, il connaît plein de choses sur les arbres, les insectes, les animaux, les étoiles, les galaxies, par contre rien sur les corolles, les pistils, les étamines. C'est un gars de la campagne qui ne se passionne pas pour les plantes. M'en fous, on s'entend bien tous les deux.

Le psy remue dans son fauteuil. Il s'impatiente.

– Ce n'est pas ordinaire d'être victime d'un coup de feu. Vous n'avez rien de plus à ajouter ?

– NON ! RIEN !

J'ai crié. Je n'aurais pas dû. Il va se demander pourquoi. Et pourquoi mes mains se mettent à trembler. Vite, je les cache. Bon sang, qu'il ne s'acharne pas à revenir sur ces moments-là ! Je sens le mal de crâne s'installer de nouveau. Le toubib s'obstine :

– Si je comprends bien, vous avez reçu le projectile par malchance.

– Ouais.

Je ne lui dirai pas que tout est ma faute, il le répéterait ensuite aux flics.

– Il s'agissait d'une dispute, d'une altercation, d'une vengeance ?

– Les types en noir nous sont tombés dessus en gueulant des injures.

– Quel genre d'injures ?

Ce doc commence à me saouler avec ses questions.

– Euh... des trucs humiliants.

– D'après le capitaine Larrieu, vous ne vous trouviez pas dans la maison de Rémilly-le-Haut. Vous vous promeniez en pleine nuit ?

– On se baladait pas !

– Alors, que faisiez-vous ?

– Quelle importance ?

– J'aimerais comprendre ce qui vous est arrivé.

– On observait des étoiles, et les autres ont déboulé. Vachement intéressant, hein ?

– Ils ont surgi pour quelle raison, d'après vous ?

– Je ne sais pas !

– Reprochez-vous à vos parents de n'avoir pas réussi à vous protéger ?

– MAIS FOUTEZ-MOI LA PAIX !

Me voilà à quatre pattes sur le lit. Mon sang bat dans mes veines, la sueur me pique les yeux. Je refuse de le suivre où il m'entraîne. S'il continue, je lui saute à la gorge. Ou alors, je fiche le camp. Le doc prend des notes. D'un geste brusque, il consulte sa montre. Agacé, il range son carnet, et il poursuit la conversation comme si je n'avais pas crié. Il m'explique que les affaires trouvées sur le lieu de l'accident sont maintenant sous clef à la gendarmerie, et en mauvais état. En conséquence de quoi, il lui a été impossible de récupérer un pyjama. Néanmoins, il s'efforcera de s'en procurer un, il m'en fait la promesse.

Je suis toujours en position d'attaque. C'est ridicule. Je me rassois dans mon lit. Le danger s'est éloigné, on a changé de sujet. Ma respiration reprend son rythme normal. La douleur à mes tempes diminue. Le psy se lève et jette de nouveau un coup d'œil à son poignet, l'air contrarié.

– Désolé, il m'est impossible d'attendre votre médecin plus longtemps, j'ai un rendez-vous. Je repasserai plus tard. À bientôt, Jérôme.

Tant mieux ! Qu'il aille poser ses questions ailleurs ! Je n'ai pas besoin d'un mec qui noircit les pages de son bloc-notes, qui m'interroge encore et toujours ! Mon oreiller est trempé de sueur. Je le jette sur le fauteuil, et je file aux toilettes m'asperger le visage d'eau bien fraîche. Ça dégouline sur ma blouse. M'en fiche ! Je scrute mon crâne dans le miroir. Mes cheveux commencent à repousser, Bouboule est une grosse menteuse.

Je retourne au plumard. Le docteur Hepstein débarque *enfin*, accompagné de plusieurs infirmières. Il s'approche lentement. Je n'aime pas son air soucieux.

– Bonjour, Jérôme. Je dois vous parler d'une chose... très difficile à vous annoncer... Il faut vous préparer à de mauvaises nouvelles... C'est au sujet de ce qui est arrivé à vos parents lors de l'accident... Ce sont de très mauvaises nouvelles...

– J' m'en moque, des nouvelles, je veux connaître leur numéro de chambre.

– Jérôme, écoutez-moi... Essayez de comprendre ce que je m'efforce de vous dire...

– Comprendre quoi ?

– Vos parents ne sont pas... ils ne sont plus ici...

– Hein ? Pourquoi vous ne m'avez pas emmené avec eux ?

– Attendez...

– Ils sont partis où ?

– Laissez-moi vous expliquer... Vos oncle et tante les ont emportés pour... Les pompiers et les secours ont vraiment... nous avons tenté le maximum pour les réanimer, mais... je suis navré... ils sont morts... sur le coup... tous les deux.

– SALAUDS ! POURQUOI VOUS M'AVEZ RIEN DIT ?

5

Pas une larme

Allongé à plat ventre sur le lit, j'aperçois ma main, là, toute proche... mes doigts paraissent énormes... le drap pèse une tonne... mes oreilles bourdonnent... je... je perds le fil de ce que je pense... et j'ai mal aux poignets, aux chevilles... surtout la cheville amochée... à cause des blouses blanches... qui m'ont fichu par terre... Badam ! sur le carrelage... parce que je me suis un peu énervé... et deux mecs me sont tombés sur le râble... de vraies brutes, ils ont failli me casser les membres...

Je bave, c'est dégueulasse... j'essaie de bouger, trouver un endroit sec... je peux tout juste me déplacer d'un centimètre... Difficile de distinguer ce qui m'entoure... La fenêtre est floue. Qu'est-ce qui m'arrive ?

Je devrais pleurer. Un bon fils pleure ses parents. Je n'y parviens pas. Ils me paraissent encore vivants. Ce serait terminé ? Ils auraient totalement disparu ? Il n'y aurait plus rien ? Ça me semble impossible. Et ce salaud de médecin qui me baladait avec ses histoires de « pas maintenant », « on verra plus tard », quel dégonflé ! Il se foutait de moi, il me mentait depuis le début ! J'aurais voulu le frapper, lui faire du mal... je lui ai balancé le vase de fleurs jaunes à la tête... Il a esquivé, et c'est une infirmière derrière lui qui l'a reçu en plein front. Paf ! La meuf a valdingué. Pas de chance pour elle. Ensuite, bagarre générale avec les gros bras, et... badam !

J'essaie d'avaler ma salive. C'est pas normal de baver comme ça... Même pas la force de me lever, de bouger, de crier. Ils m'ont drogué ? Ces bâtards se croient tout permis !

Je n'ai plus de famille... plus personne...

6

La cafétéria, la nuit

La chambre est sombre, très sombre. Du bruit du côté de la fenêtre. Il y a quelqu'un dans le fauteuil ! Papa ? Mon cœur galope. L'ombre bouge.

– Bonsoir, Jérôme.

L'homme se lève et allume une lampe. Bon Dieu, le psy ! Il cligne des yeux à cause de la lumière. Moi aussi. Je m'assois. Je cherche l'oreiller. Où est passé mon oreiller ? Tant pis, je m'appuie contre le cadre métallique du lit. Ma bouche est ouverte, je la ferme. Dehors, un quartier de lune dans un ciel d'encre. Le toubib prend le verre d'eau sur la table de chevet et me le tend.

– Vous avez soif ?

Je bois une gorgée de liquide qui me paraît amère. Le doc pose un grand sac bariolé à côté de moi.

– Voici un pyjama. J'espère qu'il conviendra.

J'ouvre le paquet et je sors le vêtement. J'en avais tellement envie. Maintenant, ça me semble dérisoire. Il m'encourage :

– Mettez-le, vous serez plus à votre aise.

C'est vrai qu'en me bagarrant avec les blouses blanches j'ai failli terminer à poil. Je me débarrasse de ma chemise, et j'enfile le pantalon en restant sous le drap. Puis le haut. Le tissu doux et frais glisse sur ma peau. Je me concentre sur ces petits détails, pour oublier que...

– La taille convient ? demande mon psy.

– Hon, hon.

– Avec cette tenue, vous ne serez plus gêné pour vous déplacer. Vous avez faim ?

Je réponds non d'un signe de la tête. Il me tend de nouveau le verre.

– Buvez, je vous le conseille. À cause des produits qu'on vous a injectés.

– L'eau est infecte.

– Il y a des distributeurs de boissons au premier étage, nous pouvons nous y rendre.

D'accord. J'enfile des pantoufles. On me les a prêtées, elles font deux pointures de trop, je dois traîner les pieds comme un petit vieux, sinon elles s'échappent. Le doc me précède jusqu'à la porte. Nous marchons dans le couloir, côte à côte. Ce type est très grand. Enfin, peut-être pas si grand. Question taille, je ne suis pas dans la norme. Plutôt « Minus », comme disent mes camarades. Le psy annonce à l'infirmière de garde notre virée nocturne. Nous empruntons l'escalier, interdiction d'utiliser les ascenseurs pendant la nuit, sauf pour les urgences. Avec mes savates, la descente est laborieuse, j'en perds une toutes les trois marches. Voilà la cafétéria. J'aimerais boire un Coca, mais il me manque le fric. Le médecin me tend une pièce de monnaie.

– Merci… Et merci pour le pyjama.

– De rien.

– Vous l'avez acheté ou c'est un truc de charité ?

– Pourquoi cette question ?

– Vous l'avez payé ?

– Oui, j'ai même gardé le ticket de caisse.

– Faudra que je vous rembourse ?

– Non, certainement pas ! C'est au cas où la taille ne conviendrait pas. Je l'ai acheté parce que je n'avais pas d'autre moyen pour m'en procurer un, et je voulais tenir ma promesse. J'ai compris que c'était important pour vous.

Il prétend m'aider, mais il est redoutable quand il s'acharne avec ses questions. D'un autre côté, il reste près de moi jusque tard dans la nuit. Pas comme ce salaud de doc !

– Pourquoi Hepstein ne m'a pas averti plus tôt, au sujet de mes parents ?

– Pour beaucoup de raisons. N'y voyez pas de la méchanceté ni de l'indifférence de sa part. Il a cru prendre une bonne décision.

– Et vous, pourquoi vous ne m'avez rien dit ?

– Votre chirurgien souhaitait s'en charger personnellement. Je reconnais que j'ai eu tort. Je ne me doutais pas qu'il tarderait autant. Je suis sincèrement désolé.

En effet, il a eu tort. Lui, au moins, il s'excuse. Pas comme l'autre.

– Je m'étais arrangé pour être présent, vous vous souvenez ? Malheureusement, une urgence a retardé votre médecin.

Peu importe, j'aurais pété les plombs pareil. Impossible d'accepter une nouvelle comme celle-là ! C'est l'horreur totale, le ciel qui vous dégringole sur la tête... Je bois une gorgée. Le soda a un drôle de goût. Meilleur que l'eau quand même. Autour de nous, les couloirs sont déserts. Tous les sièges sont vides. Le silence paraît étrange ici, il est même oppressant. Après le crash, il ne devait plus y avoir de bruit. Peut-être une roue qui tournait encore, et puis plus rien. Du sang, il y avait certainement du sang. Faut pas que j'y pense, sinon je vais dégueuler sur leur carrelage bien propre.

Mon père et ma mère sont morts. Sur l'autoroute. Et je n'ai pas été capable d'empêcher ça. Me voilà seul, avec les hommes en noir planqués quelque part. Ils frapperont quand ils l'auront décidé. Le danger peut surgir de partout, par exemple de ce coin obscur près de la sortie de secours. Ces types n'hésitent pas à tirer, ils n'ont aucune pitié. Je suis vraiment mal barré. D'autant qu'à cause de la piqûre j'ai les neurones dans le désordre. Je dois me concentrer pour avaler une gorgée de Coca sans en renverser.

– Qu'est-ce qu'ils m'ont refilé comme drogue ?

– Un calmant. Ne vous inquiétez pas, ses effets disparaîtront rapidement. Asseyez-vous et prenez votre temps pour boire.

Une goutte de liquide dégouline sous mon menton. Je deviens gogol ou quoi ? Le toubib se pose sur un siège près de moi. Je reste immobile devant lui. Un renvoi remonte de mon estomac. Mince alors, éviter de lui roter en pleine face ! J'essaie de diriger le flot de gaz vers le nez. Il m'explose dans les narines, des bulles me ressortent par les yeux. Horrible ! Pendant que je m'essuie le visage, le psy reprend :

– J'ai une proposition à vous faire pour les jours qui viennent : vous pourriez passer à mon cabinet, pour parler de ce qui vous arrive.

– Hein ?

– Nous supportons mieux les moments pénibles que nous traversons quand nous avons la possibilité de les partager avec quelqu'un.

Ce n'est pas en jouant au docteur sympa qu'il m'incitera à me confier à lui. Prudence quand même, si je veux filer d'ici, je n'ai pas intérêt à contrarier les médecins. Je hoche la tête en signe d'accord. Il paraît satisfait.

– Alors, nous essaierons. Comment vous sentez-vous ?

– Un peu mieux.

Pourquoi je réponds ce genre d'idiotie ? Je ne me sens pas bien du tout, voilà la vérité !

– Jérôme, je sais combien l'épreuve que vous traversez est pénible. N'hésitez pas à exprimer vos sentiments, vos émotions, je suis certain que cela vous soulagera.

– J'ai rien à raconter…

– Tenez, en ce moment, quelle idée vous vient à l'esprit ?

– Que je suis trop con.

– Comment cela ?

– J' suis un imbécile ! J'aurais dû deviner que mon père et ma mère étaient… partis. Eh bien, non. Tant qu'on ne me disait pas cette sale vérité, je croyais chaque jour un peu plus qu'ils étaient en vie, qu'ils allaient s'en sortir. Encore maintenant, je n'arrive pas à réaliser. Quant à l'autre, le menteur, je le déteste ! Je ne veux plus le voir.

– Je comprends votre ressentiment. Le docteur Hepstein a très mal géré l'annonce de la mort de vos parents, et votre colère est justifiée. Mais vous avez blessé quelqu'un. Votre comportement violent a inquiété votre médecin. Si vous vous excusez...

– Ça, jamais !

– Ne vous emballez pas. Vous avez intérêt à être conciliant avec votre chirurgien, sinon il risque de demander votre transfert dans un service de psychiatrie.

Chez les fous ? Avec la camisole et les électrochocs ? Hepstein me prend pour un psychopathe dangereux ? O.K., j'ai été stupide de lui lancer le vase à la tête. Et ce salaud l'a évité. Quand la meuf a basculé à la renverse, j'ai pensé : « Qu'est-ce qu'elle fiche là, cette gourde ? » J'avais la rage contre elle, contre Hepstein, contre moi. Et le toubib ne s'occupait que de l'infirmière par terre ! J'ai voulu me jeter sur lui pour le taper, le griffer, l'étrangler, mais deux mecs ont surgi. Badam ! C'était nul... Maintenant, cet enfoiré me prend pour un timbré !

– Vous savez, Jérôme, je me suis efforcé de lui faire comprendre votre douleur, votre détresse, et je lui ai assuré que votre comportement n'avait rien de pathologique. Malgré cela, il craint que vous ne soyez dangereux pour les membres de son service.

– Alors, expliquez-lui sa débilité congénitale. On ne balade pas un fils qui a perdu ses parents, c'est dégueulasse ! Et puis, j'ai juste... je me suis un peu énervé.

Il me regarde d'un air désolé.

– La violence n'est jamais une bonne solution.

– J' vous signale que j'ai tué personne !

Ma cannette de Coca tremble entre mes doigts, je vais finir par en répandre sur le sol. Si mon chirurgien me découvre dans cet état, il m'expédie direct à l'asile. Évidemment, je n'ai pas été malin de craquer et de balancer le vase.

– Quand je me revois piquer ma crise...

– Vous ne vous attendiez pas à cette terrible nouvelle.

– Le plus moche, c'est que j'ai dégommé Sophie, une infirmière sympa, très gentille. Je ne voulais surtout pas lui faire de mal. Tout ça parce que... ce qu'on me disait, c'était tellement... je ne sais pas... tellement...

– C'est très difficile de supporter le décès des personnes qu'on aime, surtout dans des circonstances aussi brutales.

Monsieur le psy, vous causez bien, n'empêche que vous passez à côté d'un truc important. Ce jour-là, j'étais en colère contre Hepstein le fourbe, tellement en furie contre ceux qui m'avaient caché la vérité que j'en oubliais un peu le désastre. Comme si ma rage gommait les traces de la catastrophe. Alors, j'enrageais encore plus.

Je choisis un siège en face du toubib. Il m'observe sans un mot. Ouais, doc, le décès des gens qu'on aime est vachement dur à accepter. Ils sont partis, ils m'ont laissé tomber. Pourquoi ils ont renoncé ? Je me débrouille comment, maintenant, avec ces excités qui cherchent à me déquiller ? Le pistolet était pointé sur nous. Le premier coup de feu a claqué... et puis le type a continué...

– Docteur, j'ai peur. Concrètement, pour ma vie.

Le psy affiche un air surpris. J'explique :

– Par exemple, si quelqu'un débarque à l'hôpital, et qu'il est armé...

– Quel genre de personne ?

– On s'en fiche, je vous donne un exemple là, O.K. ? Bon, quelqu'un arrive avec un flingue, est-ce qu'on le laisse entrer ?

– De qui s'agit-il ?

– Peu importe ! Est-ce qu'il passera quand même ?

– Vous me parlez des hommes dans la voiture noire, ceux de l'autoroute ?

– Je parle de *maintenant, ici* ! Supposons qu'un type essaie de s'introduire avec une arme.

– Avec l'intention de vous tuer ?

– Moi ou quelqu'un d'autre, on s'en fout ! Les gardiens l'empêcheront de pénétrer dans le bâtiment, oui ou non ?

– J'aimerais d'abord comprendre la situation. Qui sont ces individus ?

J'abandonne. Il est trop pénible, la conversation la plus simple devient prise de tête avec lui. On croirait qu'il refuse de répondre à ma question. Il a peur de sa réponse ?

– Les agents de sécurité seraient incapables de me protéger, c'est ça ?

– Jérôme, pourquoi chercherait-on à vous supprimer ?

Ce doc est décourageant. Je lance ma cannette vide dans la poubelle. Aïe, une douleur sous les côtes. J'espère que les points de suture n'ont pas cédé. Je tâte le pansement. Pas d'humidité suspecte. Le psy continue à me scruter. Je m'en fiche, de ses yeux perçants, je ne lui dirai pas pourquoi les hommes en noir ont tiré. Parce qu'il s'apercevrait que je suis responsable de tout ça. J'appuie fort sur la compresse. La blessure m'élance. Petite punition... qui ne redonnera la vie à personne. Quelle stupidité débile ! J'enlève ma main du pansement.

Ici, il y a des tas d'ascenseurs, d'escaliers, d'issues de secours. Beaucoup de voies d'accès. Est-ce que ces fous oseraient entrer ? J'espère que non. Ils se doutent certainement que dans un hôpital le personnel circule partout, même la nuit. En revanche, à ma sortie, ils auront le champ libre. Le psy attend toujours une réponse de ma part.

– J'aurais dû mourir dans la bagnole. C'est ce qu'ils voulaient, non ?

– Je l'ignore, Jérôme, mais vous êtes bien vivant, et vous n'avez pas de séquelles, c'est tout de même positif, vous ne pensez pas ?

Ouais, question cicatrices, d'accord. Pour le reste, je n'en suis pas certain. Je continue avec les cauchemars, le vacarme dans les oreilles, les migraines, la peur des coins obscurs. J'en ai marre d'avoir la trouille, marre de fuir. J'ai envie d'arrêter les frais.

– Je suis trop seul maintenant.

J'aimerais que, pour une fois, le psy se taise, qu'il n'ajoute rien. Parce qu'il ignore ce que ça fait, de se trouver orphelin, il ne connaît que les cinglés, les ébranlés de la citrouille. Malgré ça, il faut qu'il parle :

– Vos parents n'ont pas totalement disparu, ils sont présents dans votre cœur, dans votre mémoire.

Bien sûr que si, ils ont disparu ! Je me lève. La cafétéria est déserte, les sièges sont vides. Je me plante devant le distributeur. Les noms des boissons sont toujours les mêmes. Le monde s'effondre, et je lis : « Buvez Maxi-Cola sans sucre ». J'ai envie de hurler : « Ils sont morts ! », pour que la planète entière le sache, que l'univers infini l'apprenne. Pourtant, il a raison, ce psy, je sens encore leur présence. Quelque chose au fond de la poitrine… Je me rassois à côté de lui. Il se tourne vers moi.

– Jérôme, ils voulaient que vous viviez. Je suis certain que votre mère désirait que vous soyez heureux.

Maman, tu ne voulais que du bonheur pour moi. Je n'aurais jamais imaginé qu'un jour, par ma faute, il t'arriverait malheur. Quel gâchis ! Je ne pensais pas avoir été suivi, et après… je n'ai pas réussi à les empêcher de tirer. M'man, tu as tout fait pour me soigner, pour me sauver, et à cause de mes conneries, tu n'es plus…

Le toubib m'observe toujours. Vous voyez, doc, je ne chiale pas. Je n'y parviens pas. Quelque chose de coincé ? Est-ce qu'il peut m'expliquer ça ?

– Vous croyez que c'est normal que je ne pleure pas ?

– Les larmes viendront, tôt ou tard, ne vous inquiétez pas.

– Vous serez là quand ça arrivera ?

Il me sourit en approuvant de la tête. Nous restons côte à côte, sans parler. Il me propose de retourner à ma chambre. Nous reprenons l'escalier. Je m'agrippe à la rampe. Seulement deux étages et je peine à les monter ! Sur le palier du second, je m'arrête à bout de souffle. Si les autres débarquent, je n'aurai aucune chance de leur échapper. Le psy avance une main pour m'aider. Bas les pattes, je ne suis pas un infirme ! Je continue l'ascension.

Dans mon lit à nouveau. J'ai récupéré mon oreiller sur le fauteuil. J'espère que je m'endormirai vite. Le doc a éteint la lumière avant de partir. Il s'appelle Philippe Bertin. Pour mes parents, il m'a baladé comme les autres, mais il a tenu sa promesse. Il m'a apporté un pyjama. Et il m'a accompagné à la cafét'. Dire que j'en suis à remercier un psy !

7

Des excuses

J'essaie d'avaler le petit déjeuner dégueu (il n'y a même pas de céréales !). Lucienne ne passera pas aujourd'hui, c'est son jour de repos. Dommage, j'aurais bien aimé lui parler de la mauvaise nouvelle, de son vase pulvérisé sur la tête de Sophie, et d'Hepstein qui veut m'exiler chez les toqués. Une infirmière inconnue se pointe pour refaire mes pansements. Elle mène l'affaire avec des gestes brusques et un air buté. C'est vite expédié. Et elle file ailleurs. Pour répandre sa joie de vivre, j'imagine.

C'est au tour du kiné de débarquer, il s'occupe de ma cheville. Un massage plutôt rude. Paraît que ça soigne. Il remet le bandage. Je tente de roupiller un peu, les cauchemars continuent à me torpiller le sommeil. Dans le dernier, je rêvais d'un chien. Je dis un chien parce que, en l'apercevant, j'ai pensé : « Tiens, un chien ! » En réalité, je distinguais à peine le monstre poilu. Par contre, je voyais nettement sa gueule pleine de crocs. Et ses yeux sanglants. La frayeur que j'avais ! Je me trouvais au milieu d'une forêt. Ce sale cabot griffait le sol, le genre d'animal à s'acharner sur les innocents. Sébastien était là aussi, pas inquiet du tout, et ça m'énervait. Il lisait une revue, tranquillement assis sur un tronc d'arbre abattu. Je criais à mon copain de s'occuper du pitbull. Aucune réaction. Je me retournais pour surveiller le molosse et, à ce moment-là, la bête s'élançait dans ma direction ! Je décampais, vitesse maximum, trouille maximum. Je cavalais, mais impossible de distancer le missile à quatre pattes. Je sentais sa bave sur mes mollets, son souffle près de ma gorge. Mon cri m'a réveillé. Paniqué, j'ai sauté du lit pour me cacher, sans savoir où j'étais. Je me cognais aux murs, je tournais en rond dans l'obscurité. J'ai fini coincé derrière le fauteuil, avec un goût de métal dans la bouche. L'infirmière de garde s'est précipitée, elle m'a ramené au plumard en cherchant à me rassurer. Après ça, impossible de me rendormir.

On toque à ma porte. Le docteur Hepstein entre dans ma chambre. Il se plante au pied de mon lit. Je m'assois *lentement*, et je bois une gorgée d'eau pour rassembler mes idées.

– Jeune homme, parlons de l'incident fâcheux survenu hier.

– Ben, je regrette... je me suis énervé et puis...

– Ma tâche consiste à guérir mes patients, avec l'aide de mon équipe de soignants. Je ne veux pas qu'une infirmière mette sa vie en danger en travaillant dans mon service.

– C'était une réaction spontanée, j' suis désolé ! Je ne m'attendais pas à cette nouvelle.

– J'avais différé l'annonce du décès de vos parents pour éviter de vous fragiliser alors que vous aviez des lésions qui présentaient des risques d'aggravation rapide. Vous avez le droit de me le reprocher, pas celui de m'agresser, ni d'agresser mon personnel.

– Je suis vraiment navré d'avoir assommé Sophie.

Le visage d'Hepstein demeure sévère. Je demande : « Sa blessure est grave ? » Il ne semble pas percuter. J'insiste : « L'infirmière, est-ce que son cerveau a été esquinté ? » Le doc paraît décontenancé. Voilà que j'ai les yeux humides. Le manque de sommeil, certainement. Le chirurgien se penche pour me tapoter les pieds.

– Je ne tiendrai pas compte de votre comportement si vous me promettez de ne plus recommencer ce geste irresponsable.

– Plus jamais, j' vous jure !

D'un hochement de tête il accepte mon serment. Il poursuit sur un ton plus doux :

– Sophie a un bel hématome, sans plus de conséquence, Dieu merci !

Là, il ferait mieux de ne pas trop remercier le Grand Manitou. En ce moment, je ne déborde pas de reconnaissance pour l'autorité divine qui laisse crever les gens.

– L'important, c'est que vous n'ayez plus de tels accès de violence. Compris ?

– Oui oui.

– Voilà qui me rassure.

Il croise les bras sur son gros bide. J'ai une question pour lui.

– Euh… s'il vous plaît, mes parents, ils sont où maintenant ?

– Dans un cimetière, certainement.

– Ma famille d'Évreux s'en est occupée ?

– Je vais vous envoyer l'assistante sociale de l'hôpital, vous verrez cette histoire d'inhumation avec elle. Elle vous donnera aussi des informations sur la juge qui a pris en charge votre dossier.

– Une juge ? On m'accuse de quoi, j'ai rien fait !

– Vous n'êtes absolument pas mis en cause ! Cette magistrate a pour tâche de décider qui s'occupera de vous, puisque vous n'avez plus de parent.

Qu'est-ce qu'il est flippant, ce type ! Il m'a fichu une de ces frousses. Mon père me traitait souvent de trouillard. Je ne suis pas trouillard, Papa ! Tu te souviens, quand j'étais gosse et que tu m'emmenais au champ de courses, dans les stalles des écuries, près des pur-sang ? Je serrais ta main très fort, mais je ne tremblais pas. Et j'en étais fier.

Le toubib m'explique que le procureur de la République m'a « confié » provisoirement au centre hospitalier de Saulieu, jusqu'à complète guérison. La juge du tribunal pour enfants se chargera ensuite de mon cas et rendra un jugement. Ça risque de prendre du temps, parce que, d'après lui, mon dossier est « lourd » : deux parents décédés brutalement (de manière suspecte, c'est moi qui ajoute), un fils présentant une blessure balistique (de nature inquiétante, j'ajoute encore), voilà qui annonce une décision délicate (et possiblement foireuse, je rajoute toujours). J'avale une grande goulée d'air pour calmer mon palpitant qui s'affole. Le médecin se dirige vers la porte.

– Je dois vous quitter. J'ai demandé au docteur Bertin de passer vous voir cet après-midi.

Bye, doc. Chaque fois que ce type me livre une info sur ma situation, je frôle l'arrêt cardiaque. Comment fait-il ? Je finis de boire mon verre d'eau. Une chose positive quand même, il ne me prend plus pour un forcené. J'ai l'impression que mes yeux mouillés l'ont plus convaincu que mes paroles. Il a pensé que j'allais chialer ? À croire que le faux est plus convaincant que le vrai. Si seulement on m'avait laissé voir mes parents dans leurs cercueils, j'aurais pleuré. Un moment difficile, j'imagine. N'empêche que j'aurais pleuré, comme un bon fils. Et je me serais trouvé près d'eux une dernière fois, pour leur dire au revoir, pour leur dire adieu… Ma famille d'Évreux a dû combiner son histoire de cimetière pendant que j'étais encore dans les vapes, et elle a emporté leurs corps sans demander l'avis de personne. Surtout pas le mien. D'après Bouboule, ma tante est venue ici quand je suis sorti du coma. Elle aurait déclaré qu'elle ne pouvait pas rester s'occuper de moi, et j'aurais répondu « Tant mieux ! ». Ça avait jeté un froid.

Ma porte qui ne ferme pas à clef continue à me tracasser. J'ai tenté de déplacer le fauteuil pour bloquer le passage la nuit. Trop dur, il pèse une tonne. Dans cet hosto, les gens sont admis sans filtrage, à part une vague fouille des sacs à l'entrée. Lucienne m'a affirmé que le personnel du bureau d'accueil a reçu la consigne de ne délivrer aucune information me concernant. Une timide précaution qui ne me tranquillise qu'à moitié. J'espère que le psy pourra m'aider à convaincre les gendarmes au sujet de la présence des hommes en noir. Je ne réclame pas que le GIGN campe à mon étage, mais j'aimerais avoir quelques mecs armés autour de moi. J'ai chipé une cuillère en plastique, ce matin, et j'en ai cassé un morceau en la coinçant sous un pied du siège. Maintenant, son extrémité est pointue, presque un poignard. Évidemment, si les autres débarquent avec leur artillerie, je ne risque pas de les intimider avec mon bidule en plastoc !

Je me lève pour m'accouder à la fenêtre grande ouverte. Une partie de la ville s'étend devant moi. Au-dessus des toits, je distingue les forêts qui couvrent les monts du Morvan. Un des sommets s'appelle le Haut-Folin. D'après Bouboule, les orages viennent toujours de là. En bas, j'aperçois une portion de la nationale avec son défilé de voitures, de poids lourds, de camping-cars, de caravanes... Ah oui, les vacances... Je commence à faiblir, après seulement quelques minutes. Pas près de courir le marathon ! À mon entrée en sixième, mon père avait voulu que je pratique un sport. Selon lui, j'étais rachitique, une opinion sympa, comme d'habitude. Justement, je souhaitais jouer au rugby.

– Quoi ? Qu'est-ce que c'est encore que ces conneries !

– Euh, dans une équipe de rugby.

– Non mais tu t'es vu ? Tu crois que t'as le format ?

– Ben oui.

– Tu rêves éveillé, Jérôme !

– Attends, ça dépend de...

– Eh, oh, du bateau ! Dis-moi, est-ce que tu as des tonnes de muscles ? Est-ce que tu es baraqué comme un camion ?

– J'ai pas forcément besoin de...

Papa avait éclaté de rire, et il m'avait imité avec un air nunuche : « J'ai pas forcément besoin de... » J'avais insisté quand même :

– J' te jure qu'en jouant au poste de demi de mêlée ou d'ailier...

– Stop ! On perd du temps. Est-ce que tu veux me faire perdre mon temps ?

– Non.

– Alors, on arrête. Fin de la discussion.

Un autre que moi aurait réussi à se bagarrer avec les mots. Pas de chance, je ne suis pas doué pour ce genre de choses. J'avais ravalé une grosse boule de contrariété, et filé dans ma chambre. Je n'avais pas l'intention de jouer pilier dans la mêlée, évidemment ! Mon père ne connaissait rien au monde du ballon ovale, il zappait les matches qui passaient à la télé, par contre c'est lui qui prenait les décisions. Les bonnes, selon lui. Résultat, j'avais été expédié dans une équipe de foot. L'entraîneur n'avait pas été long à juger que j'avais deux pieds gauches, il m'avait consigné sur le banc des remplaçants. Je me les gelais ! Quand Papa avait découvert ça, il avait levé les yeux au ciel, genre : comment peut-on avoir un fils aussi consternant ?

Donc, je suis resté rachitique. Sébastien ne m'embêtait pas avec ces histoires de gros muscles : « Si tu n'as pas l'ambition de devenir champion du monde de judo poids lourd, on s'en fiche, de ton format moucheron. » J'aime beaucoup son humour. Je l'apprécie d'autant plus que mon copain est plutôt costaud. Il a trois ans de plus que moi, et il aide à la ferme de ses parents, c'est dire s'il a le « bon format ». Le balaise et le nabot ! Non, je plaisante, il ne m'a jamais charrié là-dessus. Ouais, un super pote. Quand je n'ai pas le moral, il trouve toujours un truc pour me dérider. Une fois, il m'a emmené sur sa moto pour aller au cinoche dans la ville voisine. On est arrivés au milieu d'une fête, on roulait lentement, il y avait de la musique. Je me suis mis debout sur les cale-pieds pour gesticuler en cadence. Protégé des regards par le casque, je me lâchais complètement.

Seb rigolait ! Des gens nous montraient du doigt, peut-être que je les épatais. Dire que mon père me trouvait « timide et renfermé » ! Ma mère n'était pas d'accord, elle pensait que je pouvais me « socialiser » comme n'importe quel autre garçon. Bref, mes parents se chamaillaient à cause de moi. Et, toujours par ma faute, ils ont fini crashés sur l'autoroute.

Les hommes en noir ont réussi leur coup : tout le monde croit à un accident. Maintenant, ils doivent se planquer dans Saulieu, prêts à liquider le dernier témoin. Heureusement, il y a beaucoup de chambres dans l'hosto. Le temps qu'ils dénichent la mienne, ils seront repérés et on les arrêtera. En revanche, s'ils parviennent à obtenir des infos me concernant, je suis fichu. Ils sont capables d'embobiner les hôtesses d'accueil. Je les imagine s'approchant sans bruit pour me régler mon compte. Avec un pistolet, un couteau ? Même pas, ils utiliseront un oreiller pour m'étouffer, ou un drap torsadé pour m'étrangler. Ils évitent toujours de laisser traîner des indices derrière eux. Je retourne à mon lit, et je fixe la porte.

Un vacarme de plateaux métalliques dans le couloir. Les aides-soignantes apportent le déjeuner. Je range mon « poignard ».

8

Le taureau de Pompon

Encore un déjeuner lamentable, la purée a un goût de sciure et la viande ressemble à un vieux pneu. Comment parvient-on à cuisiner une nourriture pareille ? Ils organisent des concours ? L'aide-soignante n'est pas la « brave » dame aujourd'hui. Elle passe reprendre le plateau. Je ferme les yeux pendant qu'elle me houspille comme si j'avais dix ans. Le repas est carrément pénible : je mange mal, et en plus on m'engueule.

Pas de climatisation dans l'hôpital. Dès que le soleil frappe les vitres, la température monte en flèche. On étouffe dans cette chambre, je sors dans le couloir à la recherche d'un courant d'air frais. Ce n'est pas mieux. Peut-être du côté du bureau des infirmières ? Une blouse blanche se précipite vers moi.

– Tu tombes bien, quelqu'un de Dijon veut te joindre !

Elle me tend un téléphone. Je le porte à mon oreille.

– Allô ?

– Jérôme, je suis contente de t'avoir en ligne. Je m'appelle Myriam, et je suis éducatrice auprès du tribunal pour enfants. Le procureur de la République a désigné la juge Claire Nodier pour s'occuper de toi puisque tes parents ont malheureusement disparu. Je rassemble pour elle les informations te concernant. Bientôt, elle te consultera pour trouver la meilleure prise en charge possible, avec un cadre de vie qui préservera tes chances pour l'avenir.

J'attends la suite... Silence au bout du fil. Elle espère entendre des cris de joie ? Je cherche un truc à répondre. Rien ne vient. Alors, je dis :

– Ah bon.

– Je me déplacerai dans quelques jours à Saulieu pour te rencontrer, j'ai reçu l'autorisation de ton chirurgien.

– O.K.

– Ta situation à l'hôpital n'est pas trop mauvaise ? Tu peux me signaler ce qui te manque, ou ce qui ne va pas, je suis là pour t'écouter.

– Non, c'est bon, j'ai un pyjama.

– Un... ah, parfait... tant mieux... Nous nous verrons bientôt. Au revoir, Jérôme.

– Euh, salut.

Quelqu'un m'ôte le téléphone des mains. Je reste planté dans le couloir. On me demande de me garer contre le mur pour laisser passer un brancard. Je n'ai pas parlé de mes problèmes de sécurité. Pas pensé, pas osé, pas trouvé les mots... Je retourne à ma chambre, je m'assois sur mon lit. Une éducatrice, une juge, un procureur. Tout le tribunal compte s'occuper de moi ? Galère à venir ! On frappe à ma porte. Le psy entre sans attendre ma réponse. Il ne porte pas de blouse blanche aujourd'hui, mais un costume fatigué qui plisse de partout, d'un gris sale indéfinissable. Il trimballe un gros paquet. Encore un pyjama ? Non, il m'annonce que le docteur Hepstein m'a accordé une « autorisation de sortie », cet après-midi.

– Hein ?

– Votre chirurgien vous permet une promenade dans l'enceinte de l'hôpital, et même à l'extérieur si vous en avez la force. Je vous accompagnerai.

– Où ça ?

– En bas, dans le jardin. On pourra aussi marcher dans Saulieu.

– Marcher ?

– Oui, poser un pied devant l'autre.

– Ha, ha.

– Ça vous changera les idées ! Vous visiterez un peu la ville, avec ses vieilles maisons et la basilique Saint-Andoche. Il y a beaucoup de touristes en ce moment, c'est très vivant.

Qu'est-ce qu'il me raconte ? Je n'ai pas l'intention de bouger ! Dehors, les hommes en noir me guettent déjà, il est fou ! J'affiche une tête butée. Ça ne le trouble pas.

– Je vous tiendrai compagnie, vous n'avez rien à craindre.

Et si on me flingue depuis une bagnole ou une moto ? Il ne se doute pas du nombre de mecs trucidés en pleine rue de cette manière ! Il ne regarde jamais les infos en direct ? Je dois me défiler, mais sans mentionner les tueurs embusqués, sinon il me questionnera pendant des heures. Je joue l'exténué :

– Non merci, j' suis vanné, et j'ai mal à la cheville.

– On n'ira pas loin ! Je vous ai apporté des vêtements. Cette sortie vous évitera de rester confiné dans cet hôpital surchauffé.

Je fais la moue. Il ne me lâche pas.

– Vous rencontrez des difficultés pour vous endormir le soir, n'est-ce pas ? Cette promenade rendra votre sommeil plus facile, plus paisible.

Là, il marque un point. Il extrait des fringues de son sac.

– Tenez, voilà un T-shirt, peut-être un peu grand. Un de mes enfants le portait lorsqu'il était adolescent. Les espadrilles sont presque neuves.

Je déplie le maillot, il est hideux. Totalement !

– Vous n'avez pas en noir ?

– Vous savez, violet et vert, ce n'est pas mal non plus. Essayez le pantalon de jogging. Il taille sans doute trop large pour vous, j'ai apporté une ceinture.

– Il n'y a pas de caleçon ?

– Désolé, je n'avais que ces affaires-là.

– Bonjour la misère ! Et je sors avec ça ?

– Écoutez, Jérôme, ces habits sont les seuls qu'il m'a été possible de réunir. Cette promenade n'a été décidée que ce matin. Vous ne serez pas ridicule, je vous assure. Et je pense qu'il vaut mieux prendre l'air plutôt que tourner en rond dans cette chambre.

Il me dévisage un instant. Soudain, il hoche la tête en plissant la bouche, comme s'il comprenait quelque chose. Il me demande de me lever et de me placer à côté de lui.

– Vous voyez, je suis plus grand et plus large que vous. En cas de malaise, ou si quelqu'un vous veut du mal, je serai capable de vous secourir, vous ne croyez pas ?

D'accord, il est solide et costaud, alors j'acquiesce. Pas envie de discutailler sans fin avec lui pour une histoire de « sortie ». Il sourit en me désignant les vêtements du menton. Je passe dans la salle d'eau pour enfiler ses hardes. Le T-shirt m'arrive presque aux genoux, et une de mes épaules dépasse de l'encolure ! Quant au pantalon, il fait au moins deux tailles en trop. Heureusement, j'ai la ceinture. Je serre à bloc. Voyons ce que ça donne dans le miroir. Bon sang, je ressemble à un réfugié syrien ! Dans la rue, les flics vont m'arrêter pour m'envoyer en centre de rétention ! Je retourne dans ma chambre, mon psy va bien rigoler. Pas du tout, il me trouve super classe. Je plains ses enfants, ils devaient avoir une sacrée dégaine !

Le toubib sort déjà dans le couloir, je le rejoins, les pieds dans ses espadrilles avachies. Je baisse les yeux, pas envie de voir la tête des infirmières quand elles apercevront ma tenue « super classe ». Nous prenons l'ascenseur. Dans le hall, Philippe se place devant moi. Il m'ouvre la voie. Les portes automatiques coulissent en sifflant. Nous traversons le jardin de l'hôpital. Purée, je suis essoufflé comme après un cent mètres. Le doc me propose une halte sur un des bancs qui longent l'allée. Je m'effondre dessus. Il s'assoit à mes côtés.

– Vous tenez le coup ?

– Quelle chaleur !

– Oui, le soleil tape fort aujourd'hui.

Je détaille les abords de l'hosto, par-delà les grilles. Je ne vois pas de voiture noire garée. Dans sa guérite, un homme en uniforme bleu actionne la barrière pour laisser entrer une ambulance. J'ignore s'il a une arme. Non loin, deux types avec des vestes estampillées SÉCURITÉ fouillent les sacs des visiteurs. Philippe me tapote le bras.

– Allez, Jérôme, marchons encore un peu.

Pourquoi continuer ? J'ai peur et je suis épuisé. Le psy est déjà debout. Je ne bouge pas.

– J'aimerais vous montrer la sculpture d'un artiste de la région qui a connu son heure de gloire, il s'appelle Pompon.

– Quoi ?

– Un sculpteur animalier. Vous verrez un superbe taureau, juste de l'autre côté de la rue. Encore un petit effort !

Je ne pige pas pourquoi il tient à me balader en ville, à la merci des tueurs. C'est une épreuve ? Une sorte de test ? Philippe se met en marche. Bon sang, il s'éloigne sans m'attendre ! Non, il se retourne vers moi. Je me lève et je le rattrape. Mon cœur cogne dans ma poitrine, j'ai cru qu'il me laissait tomber. À peine franchi le portail, nous traversons la rue, et nous atteignons bientôt une petite place où trône la statue sombre de l'animal.

– François Pompon a représenté ici le symbole économique de la région. Ce taureau est splendide. Voyez ses formes robustes et polies. Elles donnent une impression de force, de puissance, n'est-ce pas ?

J'en ai rien à cirer, de son monument à cornes, j'ai bien d'autres soucis en tête. Le doc n'insiste pas, il m'entraîne vers une voie piétonne qui surplombe la nationale. Le feuillage épais des arbres ne laisse passer aucun rayon de soleil. L'ombre fraîche me glace tout à coup, mes oreilles sifflent, je cherche ma respiration. Vite, je m'accoude au parapet moussu. J'ai le cœur au bord des lèvres, la sueur dégouline sur mon visage. Philippe s'inquiète.

Je réponds sans réfléchir « Ça va », et j'avale de grandes goulées d'air, comme un poisson hors de l'eau. Le malaise diminue. Où est-ce que je suis ? Ah oui, la terrasse près de la statue. Autour de nous, des passants circulent tranquillement.

Le psy me désigne l'hôpital. Je reconnais mon bâtiment. Par contre, impossible de repérer la fenêtre de ma chambre, il y en a trop.

– Jérôme, vous quitterez bientôt cet endroit. Vous êtes presque guéri.

– Ouais.

– Vous sortirez dans quelques jours, une semaine au plus.

– Pour aller où ?

– Votre famille pourrait vous prendre en charge.

– Les oncle et tante d'Évreux ? Non merci. Je ne m'entends pas avec eux. Surtout avec Tonton Antoine, le frère de mon père. Une plaie purulente, ce mec !

– Sinon il y a d'autres solutions : une famille d'accueil, un foyer pour jeunes...

Ça s'appelle un orphelinat, doc ! Pourquoi vous n'osez pas dire la vérité ? Et pourquoi on ne me laisserait pas rentrer chez moi ?

– Je veux retourner à Paris, dans ma banlieue.

– Hum, je ne sais pas si ce sera possible.

Voilà, je suis devenu un colis encombrant à caser quelque part... En dessous de la terrasse, des voitures circulent lentement, ça bouchonne. Pendant qu'on fonçait pour rejoindre l'autoroute, ma mère hurlait des mots incompréhensibles, je fixais la tache rouge sur mon pansement pour ne pas entendre, pour ne plus penser à ce qui s'était passé là-bas. On approchait du pont... Maman, je ne voulais pas ça, j' te jure, j'ai jamais voulu ça ! J'aurais tout donné pour que ça n'arrive pas ! J' suis vraiment désolé... Le crash t'a fracassée... et maintenant... t'es partie...

Je me cramponne à cette fichue balustrade. Je crois que je vais pleurer. Si Philippe me prend dans ses bras, je parviendrai à pleurer. J'en ai tellement besoin. Philippe, s'il vous plaît ! Il pose une main sur mon épaule. Philippe, j' vous en prie...

– Jérôme, venez donc vous reposer sur ce banc.

Il me pousse jusqu'au siège en pierre. Je ravale mes larmes, et je m'assois. Il prend place à côté de moi. J'appuie les coudes sur mes genoux. Des gens passent devant nous sur l'allée sablonneuse, ils soulèvent des petits nuages de poussière. La vie continue, comme dit Bouboule. Ben, moi, je n'ai plus trop envie de continuer. Le psy me parle doucement :

– J'aimerais soulager votre peine, Jérôme, mais pour cela il faut du temps. Je n'ai pas de solution miracle, je suis désolé. Cependant, ne vous découragez pas, vous avez en vous la force de surmonter cette épreuve. Et je vous aiderai.

Ben, je n'arrive même pas à chialer tout seul, alors c'est plutôt mal parti, doc, vous ne trouvez pas ? Après un moment, nous reprenons le chemin de l'hôpital. Je parviens encore à tenir sur mes jambes. Cette balade est nulle. J'ai été nul ! J'aurais dû me jeter dans les bras du psy. Pourquoi je n'ai pas osé ?

Nous passons les portes coulissantes. Dans l'ascenseur, j'aperçois mon reflet. Je détourne les yeux. À mon étage, je me traîne jusqu'à ma chambre, Philippe me remet deux bandes dessinées : un *Gaston Lagaffe* et un *Génie des alpages.*

– J'ai pensé que ces albums vous changeraient les idées.

Je les balance sur le lit. Il me précise que ces BD sont « comiques », que son fils s'amusait beaucoup à les lire. Super, qu'est-ce que je vais rigoler ! Le psy reste là, à guetter un signe de ma part. Qu'est-ce qui l'intéresse chez moi ? Je ne suis pas un gars super enthousiasmant, même pas un ado délirant. Bon, je le remercie avec un sourire un peu trop grand, un peu tremblant.

En me quittant, il me signale que Bouboule sera présente demain matin. Il a compris que ce genre de nouvelle me ferait plaisir. Je me débarrasse de mes vêtements classieux, et j'enfile le pyjama. La chambre blanche est à nouveau vide. À part mon corps de quarante-cinq kilos et des poussières. Avec ses cicatrices. Et ses neurones fatigués.

9

Plan de fuite

Un vrai p'tit déj' ce matin ! Bouboule m'a apporté des mini-boîtes de céréales. Elle en a glissé quelques-unes dans ma table de chevet, en douce, pour ne pas provoquer d'embrouilles avec le chef du service. J'en prends avec mon lait. Enfin de la nourriture normale !

Lucienne m'a demandé si j'avais une religion. Elle se propose de signaler ma présence au prêtre, au rabbin ou au pasteur qui est en lien avec l'hosto. Je lui ai répondu : « Je ne crois pas... » Elle a aussitôt agité les mains, comme si ça n'avait pas d'importance : « Rien ne t'oblige à croire en un dieu, nous sommes dans un pays laïc ! » En réalité, je voulais dire que je ne sais plus trop où j'en suis sur ce plan-là. Mes parents me traînaient à une Assemblée de Dieu chaque dimanche. Ça les a bien avancés ! Leur divin Sauveur me paraît plutôt douteux.

Très chouettes, les corn flakes, mais les bouffer sur un lit d'hôpital, ce n'est pas l'extase non plus. Hier soir, l'assistante sociale de l'hosto est passée me voir. Elle m'a informé qu'une juge des enfants s'occupait de mon cas (merci, je suis déjà au courant). Ensuite, elle m'a dit qu'une grande partie de mes affaires était sous scellés à la gendarmerie pour les besoins de l'enquête (merci, je m'en suis aperçu), et que mes parents avaient été inhumés dans le caveau familial à Évreux (très pratique, j'habite à Paris). Pour finir, elle m'a donné de la paperasse, mais aucune info *concrète* sur ce que je vais devenir. Et aucune nouvelle du tribunal pour enfants de Dijon ! Ma juge lambine, elle traficote dans son bureau, en ignorant l'urgence de la situation. Faudrait quand même que je trouve un coin

Pas de comportement « indésirable », donc pas d'agression ni d'agresseur. Je m'en tire bien. Tout ça grâce à Philippe, qui m'a défendu, j'en suis certain. C'est le moment de lui présenter mon projet. Je me lève et, avec une allure hyper décontractée, je retape mon lit, tout en abordant le sujet.

– Il paraît que vous habitez une maison pas loin de la ville.

– Exact, sur la route de Montsauche. Vous vous intéressez à l'endroit où je vis ?

– Ouais, bien sûr. Vous avez une pelouse avec une piscine ?

– Une pelouse, oui, mais pas de piscine.

– C'est pas grave. Vous avez combien de chambres ?

– Tiens donc, vous désirez vous y installer ?

– Pourquoi pas ?

Je me redresse et je lui adresse un grand sourire charmeur, genre : vous n'imaginez pas à quel point je suis un garçon sympa. Allez, vite, Philippe, répondez quelque chose !

– Jérôme, il m'est impossible d'avoir une telle proximité avec un patient. Je ne peux pas être à la fois votre ami et votre médecin. Si je vous accueillais chez moi, cela m'empêcherait de continuer mon travail thérapeutique. Vous comprenez ?

Ben oui, j'ai capté, je ne suis pas neuneu ! Il ne veut pas de moi chez lui, point barre ! J'essaie de conserver mon sourire, mais ça devient difficile, vraiment *très* difficile. Je bouscule mon cerveau comme un shaker pour trouver quoi répondre.

– C'était une blague, je plaisantais !

– Ah bon ?

– Vous ne pouvez pas héberger dans votre baraque tous les ados à problèmes que vous soignez, faut être complètement chtarbé pour penser ça !

Je me tourne vers la fenêtre pour lui montrer le haut des tours de la basilique Sainte-Blandoche. Pour qu'il ne regarde pas dans mes yeux. Pour que je ne voie plus les siens. Il me précise qu'elle se nomme « Saint-Andoche ». Merci, doc, ça méritait vraiment d'être signalé.

Je lui dis que j'ai besoin de me reposer. Il hésite à partir, il se la joue professionnel, parce qu'il peut me prescrire des pilules contre les crises d'angoisse. Ben nan, je veux qu'il se tire d'ici, qu'il dégage ! Il semble surpris par mon air revêche. M'en fiche. Je me couche et j'enfonce ma tête dans l'oreiller. Je l'entends sortir.

Quelle idée d'imaginer que quelqu'un accepterait de m'accueillir chez lui ! Tu rêves, Jérôme, dirait mon père. Me reste plus qu'à dénicher un moyen pour rejoindre ma banlieue.

10

Le cabinet du psy

Une main sur mon épaule ! Je bondis en hurlant.

– Doucement, Jérôme, ce n'est que moi.

– Bouboule ! P'tain, ne me refais plus jamais ça !

J'ai cru ma dernière heure arrivée. Assis dans le lit, j'entends gronder mon sang dans mes oreilles. Les draps ressemblent à un tas de chiffons.

– Calme-toi, mon grand.

– Quoi ? Qu'est-ce qu'il y a ?

– Tu vas être en retard pour la séance avec le docteur Bertin.

– Hein ?

– Tu as rendez-vous avec le psy, tu te rappelles ?

– Ah, merde. Oui, d'accord.

– Parfait, ton lobe frontal fonctionne encore. Alors, maintenant, on s'active !

– Euh... Excusez-moi pour... Je vous ai mal parlé quand...

– On oublie ça. Allez ouste, debout !

Je me lève. Je passe dans la salle d'eau pour m'asperger le visage de flotte bien fraîche et tenter d'émerger. Lucienne me demande d'accélérer le mouvement, elle me ramène dans la chambre, me tend le haut de pyjama (« Tu seras plus convenable comme ça »), me montre les espadrilles (« On ne marche pas pieds nus dans un hôpital »), et me pousse dehors (« Du nerf, en avant ! »).

Je me gare près de l'ascenseur, adossé au mur. Jamais je n'aurais dû accepter ce rendez-vous. Je suis trop gentil... ou trop con. La cabine arrive, j'appuie sur le bouton du premier. Voilà l'étage de la cafétéria. C'est blindé, du monde partout.

Plutôt étrange de me balader en pyjama devant tous ces gens. Le bureau de Philippe est dans le couloir à gauche, avec un banc à côté de sa porte. « Tu dois attendre qu'on t'ouvre », consigne de Bouboule. Si je m'assois ici, n'importe qui comprendra que j'ai rencard avec un psy, et on pensera que j'ai le cerveau dessoudé. Je pars me poster à l'extrémité du corridor. Un mec s'avance dans ma direction en poussant une potence à roulettes avec des poches de liquide brinquebalantes et des tuyaux qui s'enfilent sous ses manches. Heureusement que je ne stationne pas sous le panneau « Consultation Psychiatrie ».

Une femme sort du cabinet. Elle n'a pas l'air d'une folle. Mon psy lui serre la main. Il m'aperçoit et m'adresse un signe de bienvenue. Je m'approche en jetant un coup d'œil vers le type perfusé. Ça va, il s'éloigne en me tournant le dos. Je pénètre dans une pièce éclairée par deux larges fenêtres. Une photo est accrochée derrière le bureau : on y voit une fermette perdue dans les champs, avec un appentis, et une ouverture sombre, inquiétante...

Philippe s'assoit et me désigne un siège devant lui, c'est-à-dire face à l'image. Il me tend un piège ? Je refuse d'entrer dans son jeu. Je reste debout, j'essaie d'éviter de regarder vers l'embrasure obscure. Ce n'est pas facile, elle m'attire. Je ne parviens pas à empêcher mes yeux de s'y reporter. Et je me sens mal à l'aise dans ce pyjama, il n'y a même pas de poches pour y fourrer les mains. Je cherche un endroit où me poser. Là, un petit tabouret dans un coin, à côté d'une ambulance Playmobil. Le psy paraît surpris. Il me montre de nouveau le fauteuil.

– Vous seriez mieux installé ici.

Je croise les jambes pour donner l'impression que je suis à l'aise sur ce truc dur et minuscule. Le doc reste silencieux. Bon sang, je n'aurais jamais dû pénétrer dans son bureau.

– C'est exprès que vous avez placé cette photo sur le mur ?

– Quoi donc ?

– La baraque avec la remise, et le type caché dans l'ombre.

Il se tourne pour examiner le cadre.

– Mon prédécesseur avait laissé ce tirage, je l'ai gardé. Je trouve qu'il s'en dégage une atmosphère paisible. Pour vous, cela représente quelque chose d'angoissant. Un homme serait tapi dans le noir ?

– Je sais pas, j'ai dit ça au hasard.

– Pourtant, il y a bien d'autres choses à observer.

Il désigne du doigt des oiseaux sur la cheminée, un poney sous un arbre, comme si j'étais handicapé des yeux ! Il me demande :

– Pourquoi imaginez-vous un personnage dissimulé à cet endroit ?

– Pour rien du tout, laissez tomber !

– Il est possible que vous pensiez à un incident, une situation que vous avez vécue. Ou bien, sans que vous en soyez vraiment conscient, une partie de vous-même se rappelle une scène qui a eu lieu dans une bâtisse de ce genre...

– Ah ! vous voyez bien que c'est une photo piège, vous en profitez pour essayer de me coincer !

Je me lève. Notre conversation est trop mal engagée avec cette histoire d'homme embusqué, Philippe va chercher à revenir sur les coups de feu. Quelle idée d'avoir attiré son attention sur cette image ! Vaudrait mieux que je parte. Je marche vers la porte du bureau. Le doc soupire.

– Nous avions convenu d'une séance d'une demi-heure, vous souhaitez déjà vous en aller ?

– J'ai rien à vous raconter.

– Je vous aiderai en posant des questions.

– Ras le bol des questions !

Je saisis la poignée.

– Des souvenirs pénibles vous poursuivent, et vous en souffrez, n'est-ce pas ? En parler vous soulagerait. À moins que...

Que quoi ? Je suis prêt à ouvrir le battant, mais ses paroles me retiennent. Ses yeux me paraissent encore plus pénétrants.

– À moins que vous ne cherchiez à me cacher certains événements.

J'enlève ma main du bouton de porte.

– Pourquoi... pourquoi vous pensez ça ?

– Vos silences m'incitent à supposer ce genre de choses.

– Vous supposez des choses bizarres.

– Jérôme, si vous restez, je n'aborderai plus le sujet de cette photo.

S'il me fiche la paix avec ça, d'accord. Je vais jusqu'au fauteuil, et je me laisse tomber dessus. Avec ce psy, j'ai l'impression de m'empêtrer dans des filets dérivants. Il est vraiment pénible. J'aurais bien foutu le camp, mais je ne veux pas qu'il pense que je raconte des bobards. Il le répéterait ensuite aux enquêteurs.

Je m'essuie les tempes, on crève de chaud dans ce gourbi !

– Donnez-moi du Coca.

– Pendant une séance, ce n'est pas possible. Lorsque nous aurons fini, nous nous en occuperons.

Je déplace le siège pour faire face à la porte. Philippe met ses lunettes.

– Je vous propose de passer un test aujourd'hui.

Voilà autre chose ! Il étale des feuilles sur son bureau, les sourcils levés, comme s'il s'agissait d'une affaire de routine. Il m'adresse un petit sourire.

– Les résultats me permettront de compléter la note de situation établie par l'assistante sociale de l'hôpital. Nous les transmettrons au tribunal pour enfants de Dijon. Avant de commencer, je souhaite éclaircir un ou deux points. D'accord ?

J'ai la bouche comme du carton, j'aurais aimé boire du Coca, mais « ce n'est pas possible », alors j'approuve de la tête, pour en finir rapidement.

– Vous avez mentionné un homme habillé en noir. Avez-vous déjà dialogué avec lui ?

Des gouttes de sueur dégoulinent sous mes aisselles. Je serre les coudes pour que le tissu absorbe l'humidité. Je demande d'une voix blanche :

– Pourquoi ? Il vous a contacté ?

– Non, rassurez-vous.

Comment voulez-vous que je me rassure, ce type tue des gens !

– Jérôme, avez-vous parlé avec l'un des hommes qui vous ont agressé ?

– J'ai jamais discuté avec ces mecs. Cherchez pas, c'est pas la peine !

– D'accord. Et vous ne les avez pas revus depuis votre accident ?

– Ben non, heureusement !

– J'ai une autre question : avez-vous l'impression, parfois, que ces individus, ou d'autres, peuvent lire ou deviner vos pensées ?

– Ouais, bien sûr, ils farfouillent dans mon cerveau avec leurs lunettes à rayons laser, et ils cachent leurs tentacules d'alien sous leur manteau !

Personne n'est capable de lire mes pensées ! Vaut mieux d'ailleurs, parce que, sinon, je serais foutu, complètement foutu. Ce toubib est dingue d'imaginer des trucs pareils.

– Jérôme, ne le prenez pas mal, je cherche simplement à saisir ce que vous ressentez, ce qui vous trouble, à comprendre l'impact des événements que vous avez subis.

En posant des questions débiles ? Bravo ! Et on vous paie pour ça ? Je n'aurais jamais dû descendre ici ! Le doc se penche en avant, comme pour mieux me scruter. Je tourne la tête pour fixer la porte.

– L'homme en noir, dans la grosse automobile, il observait votre père, c'est bien ça ?

– Exact.

– Il le connaissait donc ?

– Ben… ils avaient une embrouille, je crois.

– Un contentieux, d'accord. Pourtant, c'est vous qui avez été blessé par balle.

– Ouais.

– Et ?

– …

– Jérôme, j'attends de *vraies* réponses.

– Qu'est-ce que vous voulez de plus ?

– Une parole qui éclaire ce qui s'est passé.

– Je vous ai déjà dit que j'ai oublié plein de trucs !

– Je pense plutôt que vous ne cherchez pas à vous les rappeler.

– N'importe quoi !

– Quelles choses terribles ont eu lieu là-bas ?

– FICHEZ-MOI LA PAIX !

Je ne sais plus comment le contrer. Je dégouline de sueur, mes vêtements me collent à la peau.

– Jérôme, j'essaie de vous aider à affronter le passé. Vous ne serez pas apaisé tant que vous le fuirez, tant que vous le dissimulerez.

– JE VOUS RACONTE PAS DES MENSONGES ! Vous n'avez pas le droit de dire que ce sont des mensonges !

Je pointe mon index vers lui. J'espère qu'il le trouve menaçant. Philippe reste très calme, lui.

– Je ne voulais pas vous offenser.

Je serre les accoudoirs du fauteuil pour m'empêcher de trembler. Avec ce mec, je dois me défendre pied à pied, sinon on repart vers le pire des cauchemars. Il reprend :

– Vous avez subi des traumatismes, nous sommes là pour en atténuer les effets. Pour que je continue la thérapie, il faut me livrer vos souvenirs, les mauvais comme les bons. Nous ne faisons qu'évoquer des événements passés. Détendez-vous, d'accord ?

Je hoche la tête pour masquer ma trouille, pour paraître détendu, mais je ne me détends pas. Au contraire, mon esprit est tendu à bloc pour esquiver chacune de ses questions tordues !

– Revenons à l'homme en noir qui vous a blessé. Il vous a touché par erreur, c'est ça ?

– Ouais. J'ai bougé et puis...

En fait, j'ai bondi pour l'empêcher de tirer... mais le coup est parti.

– Cet individu cherchait donc à atteindre quelqu'un d'autre. Votre mère ?

– Non.

– Votre père ?

Si je parle de Seb, il pigera que les tueurs se sont pointés là-bas à cause de moi. Quand on se tait, ce n'est pas un *vrai* mensonge, alors j'approuve de la tête.

– Que reprochait-il à votre père ?

Je ferme les yeux. Arrêtez, doc ! Le désastre est arrivé par *ma faute* ! Et c'est trop dur de tout déballer...

– Vous devez affronter la réalité, Jérôme, dites-moi pourquoi cet homme a tiré.

Mes doigts se crispent. Il attend toujours. Je murmure :

– Je ne sais plus.

– Faites un effort, et la mémoire vous reviendra. Cherchez bien, c'est important.

Sa voix est redevenue douce. J'ouvre les yeux. Philippe, laissez-moi tranquille !

– Le capitaine Larrieu a une autre hypothèse : vous avez pu vous amuser avec des camarades à manipuler un pistolet, et...

– D'où il sort ces bêtises à la con ? Vous me voyez jouer avec un flingue ? Vous me prenez pour un gogol ou quoi ?

– Ne vous énervez pas, je vous rapporte simplement ses propos.

– Ils sont malades, ces gendarmes, de vrais malades ! Ils ne pigent rien ! Ils s'en contrefoutent des hommes en noir, ils n'en ont rien à branler qu'on m'ait tiré dessus ! ILS S'EN BATTENT LES COUILLES QU'ON M'AIT PRESQUE TUÉ !

Personne ne se préoccupe de me protéger ! À quelques millimètres près, cette fichue balle m'éclatait l'artère hépatique, hémorragie monstre, dégâts irréversibles. Je ne l'invente pas, Hepstein me l'a dit. Un survivant parmi les morts, voilà ce que je suis ! Je sens de nouveau le choc de l'impact dans mon ventre... Je me revois là-bas, l'acier du canon pointé sur nous. Le mec hurlait qu'on méritait de crever. Philippe, on ne méritait pas de mourir ! C'est tellement injuste ! On n'avait que nos mains nues pour l'empêcher de tirer. Et il a tiré... Assis par terre, je regardais ce grand corps à côté de moi... du sang, partout... Mes parents ont déboulé. Ils m'ont emmené. Je ne voulais pas. Je criais, je hurlais, à m'en écorcher la gorge... Je m'entends gémir. Le psy m'observe, inquiet.

– Jérôme, vous êtes en sécurité ici.

Je me recroqueville sur le fauteuil. La migraine me ravage la tête. J'ai besoin d'eau, besoin d'air. Un marteau pilonne mon crâne. Le toubib continue de parler.

– On s'en tiendra là pour aujourd'hui. J'arrête avec mes questions, je vois que c'est trop pénible pour vous.

Je presse mon front pour tenter de contenir la douleur qui me lacère le cerveau. Philippe poursuit :

– Bon, euh... nous allons passer à autre chose. Remettez-vous... Hum, regardons ce test. Rassurez-vous, c'est une auto-évaluation, je ne vous interrogerai pas.

Il fouille dans ses papiers. J'agite une main.

– Non !

– Il y en a pour dix minutes à peine.

– FOUTEZ-MOI LA PAIX !

Je bondis du fauteuil, je sors en claquant la porte, je cours dans le couloir, je bouscule le mec aux tuyaux, j'escalade les marches, je me précipite dans ma chambre et je me jette sur le lit. Je mords le drap. De ma gorge s'échappe une plainte rauque. J'essayais d'oublier mes cauchemars, et Philippe me replonge dedans. Il fait surgir l'homme de l'ombre. Je ne sais pas qui c'est, je ne sais plus du tout, plus rien ! Il nous crachait sa haine à la gueule... Et il nous a tués !

11

Justice des mineurs

Aujourd'hui, le temps est maussade, la température en baisse. Bouboule m'a payé un abonnement télé. Le matin, ils ne passent que des programmes nullards : des séries cent fois rediffusées, des reportages avec des gens qui prétendent qu'on « détruit la famille », que « les jeunes n'ont plus le sens des valeurs ». Mon père aurait été d'accord avec eux. Décadence et apocalypse, il aimait ce genre de conneries. J'ai éteint. Et j'observe ma fissure au plafond.

Hier, j'ai encore pété les plombs, à cause de Philippe, qui va me prendre pour un gars incontrôlable. Il a tout gâché. Ou bien c'est moi. Je ne mettrai plus les pieds dans son cabinet. Et j'ai intérêt à quitter cet hôpital, je me sentirai beaucoup mieux loin d'ici. Lucienne entre, accompagnée d'une grande femme blonde en jean slim et chemisier bleu.

– Jérôme, je te présente Myriam, du tribunal pour enfants de Dijon.

– Euh, bonjour.

– Bonjour. Tu te souviens de moi, on s'est parlés au téléphone ?

– Ah ouais.

Pendant que Bouboule s'éclipse, elle pose son sac sur le fauteuil.

– Je connais les épreuves que tu as traversées. Ta juge, Mme Nodier, va t'aider à faire face à ce drame. Je suis là pour compléter ton dossier. J'ai déjà pu constater que les médecins ont bien soigné tes blessures. Comment te sens-tu ?

– Euh... pas trop mal.

– Le docteur Hepstein m'assure que ton état s'améliore rapidement.

Ouf, mon chirurgien ne lui a pas parlé du vase de fleurs ni de Sophie qui a valdingué. L'éducatrice extrait un carnet et un stylo de sa sacoche.

– Quand nous disposerons de toutes les informations sur ta situation, nous nous reverrons dans le cabinet de ta juge pour aborder ton avenir.

– Pourquoi pas maintenant ?

– Nous n'en sommes qu'au début de la procédure. Mme Nodier a besoin d'un dossier complet.

– Ouais, mais en attendant, ce serait mieux que je me tire d'ici.

– Doucement, Jérôme. Lorsque tu viendras à Dijon, ta juge fera des propositions concrètes, et tu donneras ton avis.

– Alors là, c'est très simple : je veux retourner chez moi. Ma banlieue est super chouette. On habite un trois pièces cuisine. Comme ça, j'ai ma chambre et...

– Je regrette, ce ne sera pas possible.

– Si si, c'est possible ! Je ferai le ménage, je descendrai la poubelle, je sais cuisiner les omelettes...

– Jérôme, nous ne te laisserons pas seul dans cet appartement...

– Je peux me débrouiller tout seul, je ne suis plus un enfant !

– Même adolescent, tu restes un mineur. Tu comprends ?

O.K., d'accord, je n'ai pas dix-huit ans. J'attrape mon oreiller pour le serrer contre ma poitrine. Surtout, ne pas m'énerver, lui expliquer qu'il y a urgence, péril en la demeure. Bref, qu'elles ont intérêt à se magner le train ! Je reprends depuis le début :

– M'dame, voilà mon problème : je dois quitter rapidement cet hôpital parce que je ne me sens pas en sécurité.

– Aucun danger ne te menace ici. Nous avons convenu, avec le docteur Hepstein, de mettre en place des mesures de protection. Quand l'équipe médicale te déclarera guéri...

– Je suis pratiquement guéri !

– Nous attendons le feu vert de ton chirurgien.

– Faut que je décolle maintenant, pas dans six mois !

– Du calme ! Fais-moi confiance, ta juge tiendra compte de ton angoisse et de ton impatience. Elle choisira la meilleure réponse à ta situation, en fonction des contraintes que nous avons.

Je laisse tomber. Discuter avec cette éducatrice m'épuise les nerfs. Aucune solution concrète en vue ! Elle n'a pas pigé que les hommes en noir me guettent. Comment lui expliquer mon problème sans être aussitôt accusé d'avoir provoqué tout ça ?

Elle mc remet sa carte de visite, pour que j'aie la possibilité de l'appeler à tout moment en cas de besoin, bla-bla-bla... Parce qu'elle est là pour aider les jeunes « en difficulté ». Tiens, je vais ajouter ça à la liste de mes débilités, qui commence à s'allonger : ébranlé, perturbé, irresponsable, en difficulté. Maintenant, elle m'interroge sur ma famille. Le sujet est vite expédié, vu le désert qui m'entoure, à part les oncle et tante d'Évreux. Le nom des employeurs de mes parents ? Facile, sauf que je ne connais pas leur adresse. Elle me déclare qu'elle pourra se débrouiller. Avec un petit sourire crispé, elle me demande :

– Est-ce que tu continues à voir le psychiatre de l'hôpital ?

Quel rapport ? J'opine du chef, un peu éberlué. On dirait que ma réponse la rassure. Si ça se trouve, elle me croit complètement barré. Elle range son carnet.

– Au revoir, Jérôme. Bon courage, et à bientôt.

La voilà partie. Bien la peine de s'être déplacée jusqu'ici pour, *surtout*, ne rien décider ! Je balance mon oreiller sur le fauteuil. Lucienne entre.

– Encore une mine chiffonnée ! C'est l'éducatrice du tribunal qui te met dans cet état ?

– Elle pige rien !

– Je suis certaine qu'elle s'efforce de t'aider du mieux qu'elle peut.

– Elle complique tout !

– Ne pense pas ça, elle doit prendre en compte beaucoup de...

– Non mais j'y crois pas ! Personne n'écoute ce que je dis, c'est pas possible, ça ! J'EN AI MARRE !

Elle sort en levant les yeux au ciel. Bon vent ! Je saute du lit et je m'approche de la fenêtre pour poser mes paumes sur la vitre fraîche, pour me calmer. Il ne faut pas que les blouses blanches racontent au tribunal que je n'arrête pas de piquer des crises. Je ne demande pourtant pas grand-chose, simplement à rentrer chez moi ! Ben nan, les gens n'en ont rien à braire. L'éducatrice palabre, et la juge se planque à Dijon. Elles ne sauront pas prendre de bonne décision si elles ne percutent pas que je suis en danger, et que les gendarmes s'en moquent éperdument. Quoi ? Des hommes en noir attendent derrière votre porte pour vous buter ? Rien à foutre ! Comme si je le méritais finalement.

12

Opération Escapade

Moral en berne. Impossible de rire aux blagues de Bouboule ce matin. Elle me traite de rabat-joie. Je ne rabats rien du tout! En revanche, j'ai découvert un truc inouï: les portes de l'hôpital ne sont pas verrouillées la nuit. Lucienne me dit en rigolant: « Ce n'est pas une prison ici! » Elle pense aux gens qui veulent sortir. Moi, je pense à ceux qui veulent entrer. Tel que c'est parti, je dormirai dans un tiroir de la morgue quand on me convoquera à Dijon. Vous entendez ça, madame l'éducatrice?

Conclusion, je dois me carapater fissa. Première étape: parvenir à franchir le portail sans être accompagné par un toubib. Ça me paraît jouable, vu ma virée avec le psy. Et pourquoi ne pas tester mon projet aujourd'hui? Savoir, au moins, si c'est possible. Je l'appellerai: « Opération Escapade ». Je m'habille en réfugié demandeur d'asile, et j'enfile par-dessus mon peignoir pour ne pas éveiller les soupçons. Reste à guetter le moment où les infirmières font une pause, où elles papotent ensemble.

Planqué à ma porte, je tends l'oreille. Les minutes défilent. J'entends enfin leurs éclats de voix. J'abandonne le peignoir et je me faufile jusqu'à l'ascenseur. La cabine arrive aussitôt. Vite, au rez-de-chaussée. Aucun doc dans les parages. Je débarque dans le hall, beaucoup de gens déambulent en tous sens, personne ne fait attention à moi. Je passe les portes coulissantes. Me voilà dans l'allée. J'essaie de respirer normalement. Pas le temps de m'asseoir sur le banc. J'avance en boitant à peine, je traverse le jardin, j'approche de l'entrée. Deux agents de sécurité mangent des sandwiches. Avec mon T-shirt hideux et mon futal immense, ça craint. Vite, je rattrape une grosse femme, ils pourront me prendre pour son fils, d'autant qu'elle est aussi mal fringuée que moi. On a une allure ! Pas de voiture noire garée à proximité. Je passe le portail, je sors, je suis sorti. Succès total de l'Opération Escapade !

Je m'approche du taureau de Philippe. De l'autre côté, il y a la station des cars régionaux. J'en profite pour repérer les destinations et les horaires. Aucun ne monte à Paris, évidemment. Pas grave, je prendrai le train. À condition de ne pas être dézingué par les hommes en noir. Je sursaute dès qu'un passant avance dans ma direction. Ma main agrippe le poignard en plastoc dans ma poche de pantalon, au cas où. Je balise trop pour stationner ici, je rentre.

La démonstration est faite : je suis capable de m'enfuir en cas d'urgence. Sébastien disait : « La chance sourit aux esprits préparés. » Il citait un grand savant. Ouais, mon plan est bien cogité. Manque plus que la chance. Ça nous changerait un peu.

Je franchis le contrôle à l'entrée de l'hôpital. Purée, je me traîne. Le retour paraît beaucoup plus dur que l'aller. Pas le moment de virer pâle ! Des milliers de gens peuplent le hall. Bon sang, poussez-vous. Plusieurs personnes attendent l'ascenseur, qui n'arrive pas, qui met une heure à descendre, qui se pointe enfin. Laissez-moi monter ! Quelqu'un appuie sur le bouton du troisième, je m'adosse à la paroi. Mes guiboles me soutiennent à peine. Tiens bon, Jérôme ! Voilà mon étage. Plus que quelques mètres jusqu'à ma chambre. Je boite de plus en plus. Les infirmières n'ont rien remarqué. Je passe dans la salle d'eau pour ôter mon déguisement. La glace me renvoie le reflet livide d'un ado au corps décharné. J'ai tellement changé ? Mes parents ne me reconnaîtraient pas. Si, les yeux. Et le nez, évidemment.

J'enfile le pyjama, et je m'effondre sur mon lit. Cette sortie m'a détruit. Bouboule entre en coup de vent.

– Ah, te voilà ! Où tu étais, on te cherchait partout ?

– Je... je descendais et montais l'escalier, comme le kiné a demandé.

– Bon. Un gendarme voulait te parler, je le rappelle.

Elle disparaît. Hein ? Quoi ? Quel gendarme ? Pourquoi un gendarme ? Pitié, qu'on ne me prenne pas la tête maintenant ! Du boucan à la porte. Deux uniformes bleus entrent.

– Bonjour, Jérôme, je suis le capitaine Larrieu de la gendarmerie de Saulieu, et voici le lieutenant Milan de la Brigade de Recherche.

– Euh... bonjour.

– Nous avons encore quelques questions à vous poser.

Gaffe, ce type a fabulé l'histoire du jeu avec le pistolet. Je m'adosse à la tête de lit. M'en fiche de leurs idées tordues, je suis prêt à décamper d'ici.

– Vous avez déclaré ne pas vous souvenir de l'endroit où vous vous trouviez lorsque vous avez été agressé.

– Exact.

– Nous allons détailler avec vous ce qui s'est passé juste avant, afin d'identifier ce lieu.

– D'accord.

– Vers minuit, vous vous promeniez avec vos parents ?

– Euh, pas vraiment... on se préparait à observer Altaïr avec le télescope.

– Altaïr ?

– Une étoile double, dans la constellation de l'Aigle... Et aussi des planètes, Vénus, Saturne, tout ça.

– Vous n'étiez pas dans votre jardin à Rémilly ?

– Ben non, à cause des arbres et des maisons, ça gêne pour scruter le ciel.

– Donc, vous vous êtes éloignés. En voiture ?

– Non, à pied.

– En conséquence, vous n'avez pas parcouru une grande distance. En plus, vous portiez du matériel astronomique. Disons un rayon d'un ou deux kilomètres maximum.

– J' me rends pas bien compte.

– Près de cet endroit, y avait-il un pylône, une croix, un bâtiment, quelque chose de spécifique dont vous vous souviendriez ?

– Rien de spécial.

– C'était une surface bien dégagée ?

– Voilà.

– Un sentier, une route y conduisait ?

– Un chemin.

– Bon, une équipe se chargera d'explorer le secteur.

Pourquoi perdre du temps avec ça ? Je m'attends à ce qu'ils partent, mais non. Le lieutenant prend des notes sur son carnet, puis il pose une nouvelle question :

– Lorsque vos agresseurs se sont approchés de vous, ont-ils dit quelque chose, exigé quelque chose ?

– Ils ont crié qu'on méritait de mourir.

– De graves menaces, en effet. Et qu'ont répondu vos parents ?

– Rien.

– Bon, passons à autre chose. Un couple de personnes résidant près de Rémilly a signalé ne plus avoir de nouvelles de leur fils, Sébastien Ronsard, dix-sept ans.

– Sébastien a *disparu* ?

– Oui, nous avons déclenché le dispositif de disparition inquiétante de mineur.

Bon sang, les hommes en noir l'ont pris, emporté ! Pour quoi faire ?

– Vous le connaissez bien, n'est-ce pas ?

– Hein ?

– Vous connaissez Sébastien ?

– Ben, oui. Les Ronsard n'habitent pas loin de la maison qu'on louait.

– Vous étiez amis avec cette famille, non ?

– Ma mère est née à Rémilly, elle a plein d'amis là-bas. C'est pour ça qu'on y revenait chaque année en vacances.

– Puisque vous parlez de la jeunesse de votre maman, elle a vécu un événement terrible : ses parents sont décédés dans l'incendie de leur ferme. À ce moment-là, elle se trouvait heureusement en séjour linguistique en Angleterre, avec sa classe de lycée.

– Ouais, sinon elle aurait cramé, elle aussi... et je n'existerais pas.

– J'ai lu le rapport de gendarmerie de cette époque. Les pompiers avaient décelé des traces d'accélérateur de feu dans les décombres. L'incendie était d'origine criminelle.

– Les coupables n'ont jamais été épinglés.

– Pensez-vous que les individus en noir ont un lien avec cette affaire ?

– Avec la ferme brûlée ? Bah, ça remonte à vachement longtemps.

– Et avec les Ronsard ?

– Pourquoi les Ronsard ?

– Leur fils est adolescent, vous étiez copains, et il a disparu à peu près au moment de votre accident. Selon vous, y a-t-il un rapport ?

Je fais un signe de dénégation. Je serre les poings, les dents. Je ne leur parlerai pas des coups de feu ni du mort. Surtout pas du mort !

– Avez-vous une idée de l'endroit où pourrait se trouver votre camarade Sébastien ?

– Non.

– Si quelque chose vous revient à l'esprit, n'hésitez pas à le signaler aux infirmières, elles nous contacteront. Au revoir, Jérôme.

Ils sortent. Je couvre mon visage avec mes avant-bras. Bon sang, où est passé Sébastien ? Les hommes en noir l'ont emmené ? Mais pourquoi ? Bon Dieu, Seb, qu'est-ce qu'ils ont fait de toi ?

13

Patraque

Où est passé Sébastien ? Mon cerveau boucle là-dessus depuis la visite des gendarmes. Pourquoi personne n'a retrouvé son corps ? C'est incroyable, invraisemblable... On frappe à ma porte, Bouboule entre.

– N'oublie pas ta séance chez le psy.

– Euh... non, j'irai pas. Pas aujourd'hui.

– Pourquoi ça ?

– J' suis patraque.

Lucienne vérifie ma tension. Un peu faible. Elle me tapote l'épaule, et file s'occuper ailleurs. Je tire le drap par-dessus mon crâne. J'aimerais bien ne plus me réveiller, partir très loin, ne plus penser à rien. *Surtout*, ne plus penser à rien... Parce qu'il y a un de ces bazars dans ma tête, avec mes souvenirs crapoteux, mes trous de mémoire, mes cauchemars épouvantables, et mes questions terrifiantes.

Quoi, on me parle ?

– Hello, Jérôme, vous dormez ?

Le psy ! Je dégage mon visage.

– Je viens fixer un nouveau rendez-vous, on m'a informé que vous renonciez à notre rencontre de cet après-midi.

– Ouais, j'ai de la fièvre. On attend les résultats de la prise de sang.

– D'accord. Pourtant, il vaudrait mieux ne pas interrompre nos séances.

– Ben, ce serait bête que je vire pâle dans l'escalier.

– Vous êtes un patient très raisonnable, Jérôme.

Il m'adresse un petit sourire. Parce qu'il m'a percé à jour ? Il insiste sur l'importance de nos entretiens dans son cabinet, un lieu très spécial « où des choses peuvent se dénouer ». Qu'est-ce que je peux répondre ? Si je refuse, il risque de demander le pourquoi du comment. Je décide de finasser.

– Un autre jour alors.

– Demain ?

– Pourquoi pas. Vous savez, je m'excuse pour hier. J'ai... je suis parti avant la fin.

– L'évocation de souvenirs douloureux provoque parfois des réactions très vives. J'espère que la prochaine séance sera moins éprouvante pour vous.

Ben là, je n'y crois pas une seule seconde ! Il consulte son agenda, et me précise l'heure. Ouais, on verra. Je bâille, je m'attends à ce qu'il décroche, mais il s'incruste. Je suis fatigué, de lui, des autres, de tout. Je me pelotonne, prêt à en écraser un max. Pas de chance, il se plante près de la tête de lit et, en se penchant vers moi, il me chuchote :

– Souvent, après une catastrophe, le survivant en cherche la cause, et il n'en trouve pas. Alors, il s'accuse, comme s'il était coupable de quelque chose. Eh bien, c'est une erreur : il n'est nullement coupable d'avoir survécu.

Pourquoi me raconte-t-il ça ? On se sent coupable quand on est responsable de quelque chose qui a mal tourné. Exactement mon cas : je n'ai pas été assez prudent, les hommes en noir m'ont suivi. Par ma faute, ils sont tombés sur Sébastien comme une bande de loups affamés ! Le psy se redresse pour aller s'installer dans le fauteuil. Il poursuit :

– J'ai un peu de temps devant moi pour m'entretenir avec vous, si vous acceptez.

– Quelques minutes, pas plus.

– Entendu. Je disais donc que le survivant n'est pour rien dans ce drame. Le hasard, l'agencement des hasards, voilà la cause la plus commune des événements tragiques. Vous n'êtes pas d'accord ?

– Ben non, je ne suis pas *d'accord* !

– Ah bon ? Expliquez-vous, je ne demande qu'à vous écouter.

Je me retourne, et je mordille un bout de ma taie d'oreiller. J'aurais mieux fait de me taire.

– Jérôme, je suis prêt à tout entendre, je ne juge personne. Mon but est d'apaiser les angoisses, de diminuer le chagrin que ressentent mes patients.

Il ne lui vient pas à l'esprit que je me sentirais un peu plus « apaisé » s'il ne me poursuivait pas avec ses questions ?

– Votre accident a sans doute été causé par la chaussée humide, une imprudence, une faute d'inattention. Vous pouvez même adresser des reproches au conducteur parce qu'il a raté le virage. Si vous en éprouvez l'envie, ne vous en privez pas. Vous aimez vos parents, et ces reproches ne sont pas grand-chose par rapport à cet amour.

D'accord, j'en veux un peu à mon père. P'pa, t'as foiré ta manœuvre, t'aurais dû éviter de balancer la voiture dans le vide. Tu vois, ton fils « bizarre » ose te critiquer. Avant, je ne me serais jamais permis ça. Comme s'il fallait attendre la mort pour devenir sincère. Pour continuer dans le vrai, je murmure :

– On ne nous a pas tirés dessus « par hasard ».

– Justement, Jérôme, puisque vous en parlez...

Le problème avec Philippe, c'est que chaque fois que je lui confie un lambeau de réflexion au sujet du passé il cherche aussitôt à en connaître davantage. J'enfouis mon visage sous le drap et je crie : « Pas maintenant ! » J'attends sa réaction. Il me répond : « D'accord. » Je ressors la tête. Ouf, j'ai réussi à le stopper. Il se lève et ramasse des sacs en plastique à ses pieds, il les dépose sur le lit. C'est une manie chez lui !

– Je vous ai apporté des habits neufs. Ils vous permettront de vous balader dans le jardin de l'hôpital sans vous sentir ridicule. Vérifiez s'ils sont à votre taille. Je peux les échanger. Si la couleur ne vous convient pas, même chose. Voilà un jean, un polo, des sous-vêtements et des chaussettes. Pour les chaussures, il faudra les choisir dans une boutique de Saulieu, nous organiserons ça.

– Merci... Euh, vous avez tout pris en noir ?

– Je croyais que vous préfériez cette couleur.

– Ouais, mais je ne suis pas gothique quand même.

Il s'apprête à saisir les sacs. Je le retiens.

– Non non, ça va !

– Jérôme, il est possible de les échanger, je vous le répète.

– Pas la peine !

– J'essaie de vous aider.

– J'ai pas besoin qu'on m'aide.

Il se tait. Il encaisse. Je déplie les habits. Les mots me sont venus à la bouche sans que j'aie eu le temps de les penser. Je sors le futal. Un jean 501 superbe. J'ai l'impression de recevoir un cadeau d'adieu. Le cadeau d'un mec à la fois sympa et franchement pénible. On se heurte sans arrêt. À la longue, ça devient fatigant. Et je m'en moque, de ses fringues ! Vivement que je fiche le camp loin d'ici... tout seul, sans mes parents... qui sont passés de l'autre côté... et sans Sébastien, qui est... parti, lui aussi... je ne sais même pas où.

C'était mon meilleur ami. On s'entendait super bien. Quand je foirais un truc, il trouvait les mots pour me redonner la pêche. J'aurais voulu lui rendre la pareille, mais je ne parvenais pas à chasser ses idées noires lorsqu'elles lui prenaient la tête. « Pas grave ! » qu'il me disait, et on regardait un DVD avec des aventures affolantes, ou bien on préparait un programme d'observations au télescope. Parfois, on s'entraînait au judo. J'étais nul à chier, quel délire ! Je le rejoignais aussi pour des sorties avec ses copains. Peu importe où on se baladait, j'étais trop content de faire partie de sa petite bande. Nous nous retrouvions chaque année à Rémilly pour les vacances d'été et de printemps. Le reste du temps, on communiquait par Internet. Je me mettais sur l'ordinateur du salon. Avec les webcams, on se voyait comme si on était voisin. Je pensais que ça durerait toujours. C'est ce qu'on croyait, hein, Sébastien ?

– Bon, Jérôme, vous avez compris que vous venez demain dans mon cabinet...

Et une nuit, Seb, je t'ai amené les hommes en noir. Je ne m'en doutais pas ! Je ne le savais absolument pas ! J' te jure que j'ignorais avoir été suivi !

– Hum, je vous note le rendez-vous de 16 h 30 quelque part, sur ce morceau de papier...

J'avais couru pour te rejoindre à minuit dans la vieille ferme que tes parents te laissaient occuper, en bas de la colline. On a commencé à calibrer le télescope. Tout à coup, un grand craquement à la porte... et le type a surgi... il criait des horreurs... son flingue était pointé sur nous... je ne comprenais pas... je ne pigeais rien...

– Je cherche mon stylo, ce ne sera pas long...

Sébastien, je m'en veux tellement, tu sais ? Je me suis jeté devant toi, pour te protéger, et j'ai valdingué quand la balle m'a frappé. J'ai été trop lent à me remettre debout, j'ai trop tardé. Désolé, Seb. J'ai tenté de stopper les coups de feu, t'as vu ? Je suppliais l'homme d'arrêter, mais il tirait, il continuait à tirer. Ça n'en finissait pas. Tu t'es écroulé, avec du sang partout...

– Voilà, Jérôme, tout est indiqué sur ce carton. Je le pose sur votre table de chevet...

Je m'en foutais, de ma balle dans le ventre, je me suis précipité vers toi, je voulais te sauver. Je te disais : « Seb, calme-toi, je suis là, ne t'affole pas, ce n'est pas grave, on trouvera le moyen de te guérir. Tu dois respirer encore un peu, encore un petit peu. Il ne faut pas m'abandonner, pas maintenant, pas déjà. Accroche-toi ! J'ai besoin de toi, ne me laisse pas tomber. Je te soignerai, et on rigolera à nouveau ensemble, hein ? Tiens bon ! Les secours approchent, je t'assure, ils arriveront bientôt. Ne crache pas ton sang comme ça... »

– Jérôme, vous m'écoutez ?

Pour comprimer la plaie, j'ai attrapé un gant de moto qui traînait par terre, mais d'autres blessures saignaient... Il y en avait trop... ça ne servait plus à rien. Je suis resté près de toi, Sébastien, je ne t'ai pas abandonné ! Et, tout à coup, tes yeux qui ne regardaient plus... Ooooh, Seb ! Je ne pigeais rien à cet horrible silence. Je criais : « Sébastien, réponds-moi ! T'es pas mort ! C'est pas possible ! » Comment ce serait possible ? Je te serrais dans mes bras pour que tu te réveilles... J'ai essayé de te relever, te soulever... tu pesais trop lourd. Mon père m'a attrapé, emporté loin de toi. Je n'ai pas réussi à te sauver ! Je ne t'ai pas sauvé !

Je m'agrippe aux draps, j'ai l'impression de basculer dans un trou sans fond. Les hommes en noir sont là, si proches, si menaçants. Ils continuent à crier leurs injures ! Je recule dans mon lit, je m'accroche aux montants. L'un d'eux s'avance, il crache sa rage contre Sébastien, il rugit de haine ! Il lève son pistolet, il va tirer !

– PITIÉ ! NE NOUS TUE PAS !

Une main sur mon front brûlant. Laissez-moi ! Je frappe avec mes poings. Quelqu'un me parle... quoi ? qui ça ? j'ouvre les yeux... Le docteur Bertin, tout près de moi, inquiet, les cheveux en bataille. Ah oui, l'hôpital...

– Jérôme, vous êtes en sécurité ici, calmez-vous.

– Euh... désolé... je... je voulais pas vous taper... c'est que...

Un sanglot m'étouffe. J'ai mal, trop mal ! Bon Dieu, où êtes-vous tous ? Maman, Sébastien, ne me laissez pas seul ! Comment je m'en sors si vous n'êtes plus là ! Comment je peux vivre ? Philippe, il faudrait... Philippe, s'il vous plaît... Philippe... Je me jette contre son épaule et je pleure enfin. Mon corps est secoué par cette douleur qui se déverse.

Le psy me tapote le dos, il me dit de céder au chagrin, que mes larmes apaiseront ma peine, que les êtres que j'aime sont dans mon cœur en ce moment. Il a raison, et pourtant c'est faux. Je ne pleure pas sur mes parents ni sur mon ami. Je pleure sur moi, je pleure sur celui qui a tout foutu en l'air. Pardonnez-moi ! J' vous en supplie, pardonnez-moi !

14

Futur problématique

Mal de crâne en me réveillant ce matin. Paraît que les larmes soulagent. Moi, ça me donne la migraine. Bouboule est passée me faire une *nouvelle* prise de sang, pour un bilan hépatique. Elle se balade aujourd'hui avec un sparadrap en travers de sa blouse, sur lequel elle a écrit : « INFIRMIÈRE EN GRÈVE ». Et pourtant, elle bosse.

– Ben, ça ne risque pas d'être efficace, votre truc.

– On débraie entre 13 h 30 et 14 h 30, jeune impertinent. Là, on ne rigole plus.

– Ouais, votre boss va vraiment flipper !

– Il verra que trop, c'est trop.

– Vous râlez contre quoi ?

– Une nouvelle organisation qui nous fera turbiner encore plus, et qui supprimera des postes. Conséquence : mauvaises conditions de travail, baisse de qualité des soins.

– Vous devriez plutôt faire un sit-in dans ma chambre jusqu'à ce que le patron cède. On aurait une page Facebook, un blog !

– Mon pauvre Jérôme, tu es aussi écervelé que mes ados.

– Je serais votre conseiller stratégique, j'inventerais des arguments mortels !

– Penses-tu ! Quand on t'explique que les traitements médicaux coûtent trop cher, que le personnel de santé coûte trop cher et que les caisses sont vides, qu'est-ce que tu veux répliquer ?

– Que... que s'il y avait un peu plus de bonheur dans ce monde merdeux, les gens seraient moins souvent malades !

– Merci, Jérôme, ta joie de vivre m'impressionne toujours !

Elle me quitte avec la mine soucieuse. Je n'aime pas la voir comme ça.

La chaleur a recommencé. J'enlève ma veste de pyjama trempée de sueur. La porte ouverte ne m'apporte aucun air frais. Tiens, un type bizarre passe dans le couloir. Dans un sens, et maintenant dans l'autre ! Il cherche quelque chose ? Quelqu'un ? Un mec très grand, très inquiétant. Il porte une blouse blanche, mais un assassin se déguise *toujours* en médecin dans un hôpital. Je continue à le guetter avec mon poignard en plastoc à la main.

Bouboule revient avec un chariot. Je range mon arme. Elle m'annonce le programme : « Ablation des sutures. » Quoi ? Elle m'explique : « Je retire les fils de tes cicatrices. » Après avoir décollé mes pansements, elle me badigeonne avec un désinfectant, puis elle s'attaque à mon crâne avec sa pince et son bistouri. Pas de douleur, quelques picotements. La plaie au côté, maintenant. Aïe, ça se corse. Elle me dit : « Ne respire plus. » D'accord, je retiens mon souffle, mais elle se concentre pendant une heure ! Asphyxié à mort, j'expire, et elle foire.

Bon, le détricotage est terminé. Lucienne part avec son matériel, et son sparadrap « EN GRÈVE ». Je ne dois pas bouger en attendant le docteur Hepstein.

Il se pointe, avec sa suite de blouses blanches, pour examiner le résultat. La cicatrice ne forme plus qu'un trait rose boursouflé sous mes côtes saillantes.

– Les pansements sont maintenant inutiles. Vous allez régulièrement à la selle ?

– Hein ?

– Vous faites caca ou vous êtes constipé ?

– Euh, pas de constipation.

– Bon, le transit est rétabli. Vous digérez vos repas ? Pas de nausées ? Pas de douleur en marchant ? Vous ne perdez jamais l'équilibre ? Pas d'étourdissement ?

En posant ses questions, il me palpe le ventre. Je réponds d'une syllabe chaque fois. Il paraît satisfait.

– Par contre, vous devez vous alimenter davantage, vous n'avez que la peau sur les os.

Maintenant, il scrute mon crâne.

– Votre scalp était bien entaillé. Douze points de suture ont été nécessaires. La tête saigne toujours beaucoup. Très impressionnant pour les secouristes.

Pitié, doc, n'insistez pas sur les détails gore. Je profite de ce qu'il tripote mon « scalp » pour l'interroger sur ma date de sortie. « Elle n'est pas encore arrêtée, tout dépendra du niveau de vos transaminases. » Ah bah, d'accord, c'est le brouillard total. J'ignore même où je serai envoyé ! Le voilà qui sort. Décidément, on communique toujours aussi bien, nous deux.

La « brave » aide-soignante débarque avec le repas. Déjeuner dégueu de chez dégueu. Et le doc veut que je me gave ! Après avoir grappillé quelques miettes, je bulle dans mon lit. Ma migraine s'est calmée. Bouboule revient pour prendre ma tension, parce que ma « maigreur » affole Hepstein. Je lui demande si son débrayage impressionne son boss.

– Des journalistes de France 3 Régions se sont déplacés pour nous interviewer ! Tu te rends compte ?

– Vous monterez bientôt à Paris voir le président !

– Ne te moque pas !

– Vous passerez à la télé ?

– Oui, avec une belle chorégraphie hip-hop. Bon, Jérôme, tu n'oublies pas d'escalader les escaliers, tu as les muscles d'un lombric !

– Ouais, d'accord.

– Viens avec moi, que je te donne des sous. Tu t'achèteras une friandise au premier.

– Merci.

– Mais tu n'empruntes pas l'ascenseur !

Elle part en trottinant. J'enfile le haut de pyjama, et je la rattrape. Dans la salle des infirmières, elle farfouille dans une boîte à biscuits qui contient des euros pour les capsules de café. Elle me tend deux pièces. Je descends à la cafétéria me prendre une cannette de soda. De retour dans ma chambre, je sors mes nouveaux habits de leurs sacs.

Philippe a certainement deviné que je ne suis pas innocent, et il est du genre à souhaiter que je lui avoue tout, en long, en large et en travers. Pour soulager ma conscience. Foutaises ! Une faute comme la mienne, je ne m'en débarrasserai pas avec quelques paroles. En plus, il veut savoir *qui* sont les assassins. Pas de chance, docteur, des pans entiers de ma mémoire ont été bousillés par l'accident. Qui sont les hommes en noir ? Aucune idée. Qu'est-ce qu'ils cherchent ? À me dégommer, puisque j'ai été témoin du meurtre de Sébastien. Quant à celui qui m'a tiré dans le ventre, qui est-il ? Leur chef, j'imagine. Je ne me rappelle pas son visage.

Il ne me reste que des souvenirs en désordre, plus flippants les uns que les autres. Quand Papa m'a arraché mes vêtements pour me soigner, il s'est mis à hurler : « À cause de toi, je suis dans la merde ! Une merde noire ! » Pourquoi donc ? Et pendant ce temps-là, les assassins revenaient à la fermette pour nettoyer les dégâts, emporter les corps. Si mes parents ne m'avaient pas emmené, j'y serais passé, comme Seb. Enterré dans un champ ou plongé dans un lac. Les tueurs ont certainement piqué une crise en découvrant que je m'étais carapaté. Alors, ils ont fait un saut à la maison, compris qu'on fuyait à Paris, et ils nous ont rattrapés sur la route. Maintenant, ils savent par le journal que je suis rescapé. Bon sang, ça craint !

Le téléphone fixe sonne. Quelqu'un m'appelle ? Mince, j'ai presque fichu l'appareil par terre. Allô ? C'est la juge de Dijon ! Mme Nodier me raconte un baratin à propos de mon dossier qui avance, et la réflexion qu'elle mène sur les choix envisageables.

– M'dame, vaudrait mieux pas trop réfléchir, et se précipiter un peu plus.

– Jérôme, nous ne restons pas sans rien faire. J'ai demandé à l'éducatrice que tu as rencontrée d'explorer plusieurs pistes.

– Quel genre de piste ?

– Par exemple, un placement chez un couple d'agriculteurs. Il s'agit d'une famille d'accueil qui présente de grandes qualités humaines. Mais nous devons nous assurer qu'il y a une place libre pour toi.

– Ce serait possible quand ?

– Avec un peu de chance, à la rentrée scolaire prochaine.

– Pas avant septembre ? C'est quoi, ce délire ? Je demande à filer rapidement dans ma banlieue et vous me sortez une histoire de vieux péquenots pour dans un siècle !

– Tout d'abord, ces personnes ne sont pas âgées...

– Non mais je rêve ! Dans une ferme, avec des cochons !

– Il ne s'agit pas d'un élevage de porcs. Jérôme, écoute-moi calmement. Je cherche une solution offrant de bonnes garanties...

– Mais je m'en fous, des garanties ! Renvoyez-moi à Paris, ça n'est pas compliqué à organiser !

– Je dois tenir compte de certaines contraintes : tu ne peux pas quitter la région avant le jugement, que je rendrai au mois d'août probablement.

Mme Nodier me laisse vachement le choix : être expédié chez les ploucs, ou rien ! Elle va m'entendre !

– Et en attendant l'exil dans la campagne profonde, on m'enverra dans un centre pour adolescents attardés ?

– Personne ne te prend pour un attardé. Tu seras accueilli dans un foyer de la protection judiciaire de la jeunesse, la PJJ...

– Un foyer pour délinquants où on me tabassera ? Merci bien !

– Jérôme, je t'assure que nous nous efforçons de trouver la meilleure solution possible avec ce qui est disponible en ce moment. Fais-nous confiance...

Je raccroche. Cette juge se fout du monde ! Ma destination inconnue s'est transformée en futur pourri. Grimpé sur le fauteuil, je replie mes jambes que je serre contre ma poitrine. Dehors, le ciel s'assombrit. Beaucoup de nuages, des cumulonimbus énormes, menaçants. Désolé, Bouboule, j'ai une idée dans la tête qui ne va pas vous plaire. Pas du tout, même. Ma façon à moi de faire la grève.

15

Voie A

J'ai décidé de partir. Aujourd'hui. Maintenant. Je porte mes vêtements neufs, et les vieilles espadrilles de Philippe. J'ai glissé mon pyjama dans un sac en plastique. Pour l'argent, je me suis débrouillé. Lucienne pense que je suis en séance avec mon psy. Impossible de lui dire au revoir sans ruiner mon plan. *Vraiment* désolé, Bouboule.

Je répète l'Opération Escapade. À cette heure-ci, une foultitude de visiteurs entre et sort de l'hôpital, je passe inaperçu. Une fois sur la place au taureau, j'emprunte la direction pointée par le panneau « Gare SNCF ». Je baisse la tête. Avec ma boule à zéro, les hommes en noir peineront à me reconnaître. Je vérifie que personne ne m'emboîte le pas. Rien de suspect. J'ignore combien coûte un billet pour Paris. Pourvu que j'aie assez de fric, parce que je devrai ensuite payer le métro, et acheter de la bouffe.

Des nuages se sont accumulés du côté du Haut-Folin, ils forment une immense muraille violacée, le tonnerre gronde. Je n'ai pas intérêt à traîner si je ne veux pas être saucé. Heureusement, ma cheville amochée ne m'empêche pas d'avancer. Un autre panneau pointe vers une rue en pente. Je distingue des lumières au bout : la gare ! J'accélère le pas, sinon je suis bon pour la douche. Je passe le long du parc des expositions. De grosses gouttes de pluie commencent à frapper la chaussée. Vite, je traverse le parking en courant, je me précipite dans le hall. Au sec ! Le train pour Paris est annoncé dans quarante minutes, voie A. Le type du guichet ne s'étonne pas que je lui achète un aller simple. J'extrais de ma poche le paquet d'euros que les infirmières gardaient dans leur boîte à biscuits, j'ai de quoi payer. Des gens attendent sur des sièges. Vaut mieux poireauter sur le quai désert. Je sors, et je m'installe sur un banc sous la marquise.

La foudre tombe sur les monts du Morvan. Encore trente-cinq minutes avant le départ. J'espère qu'à l'hôpital ils ne découvriront pas trop vite ma fuite. Mon psy supposera que je lambine dans ma chambre. Le temps qu'il décide de monter au troisième pour me réveiller, que Bouboule me cherche à la cafétéria, qu'ils comprennent que j'ai fichu le camp, ça me laisse de la marge, même si ça risque d'être tendu. Une fois dans le train, plus de problème. Arrivé à Paris, je connais les lignes de métro, pas de souci. Dans ma banlieue, je visiterai la cabane à outils du parc Salengro et l'abri du stade Biancotto, des endroits où je pourrai dormir. Reste à savoir si j'y serai en sécurité. Je n'ai pas les clefs de notre appartement pour y prendre une couverture et une lampe de poche. Avec un minimum de matériel, je me sentirais plus à l'aise. Mon projet s'annonce peut-être légèrement hasardeux.

L'averse dégringole sur la gare, le tonnerre claque, le vent se déchaîne. Ça promet ! Pourvu qu'il ne pleuve pas autant en région parisienne. Oh oh, Philippe débarque sur le quai ! Je serre mon sac en plastique sur mes genoux. Il regarde dans ma direction, il s'avance vers moi. Bon sang, j'aurais dû me cacher dans les W.-C. Il se plante devant mon banc, son complet fatigué de l'autre jour est mouillé. Je baisse la tête.

– Tu partais sans me dire au revoir ?

Il me tutoie maintenant ? Pour mieux torpiller mon plan légèrement hasardeux ? J'affiche l'air d'un mec qui n'est pas impressionné du tout.

– J'ai un train à prendre.

– Je sais que tu ne souhaites pas qu'on t'aide, mais là, tu cours au-devant de grandes difficultés. Gros problèmes en vue, Jérôme.

La pluie, soudain violente, crépite sur la verrière. De la grêle ? Je frissonne. Il s'assoit à mes côtés.

– Tu comptes retrouver quelqu'un dans ta banlieue ?

– Qui vous dit que j'y retourne ?

– C'est toi, tu te rappelles ?

– Ah ouais… Ben, je connais des coins où je serai pénard.

– On peut lui téléphoner.

– À qui ?

– À la personne chez qui tu te rends.

– Je ne vais pas exactement chez quelqu'un.

– Tu dormiras dans la rue ?

– Non, dans des planques où je serai à l'abri.

– Et pour manger, tu feras comment ?

– Je tâcherai de trouver un peu de fric.

– Hum, tu veux dire que tu as l'intention de voler de l'argent, comme celui des infirmières ? Ce n'est pas une très bonne idée.

– Ah, elles vous ont raconté, pour la boîte à biscuits… Ouais, j'ai fauché leurs billets… Euh, non, je rendrai des services.

– Tu espères recevoir l'aide de copains ?

Les gars qui restent en été dans mon quartier ont plutôt le profil racaille, pas vraiment du genre à se préoccuper de mon bien-être. Faudra que je me débrouille seul… L'orage se déchaîne, ça ruisselle de partout. Avec mon pyjama pour tout bagage, je me sens misérable.

– Faut être stupide pour tenter ce plan foireux, non ?

– Tu montres du courage en te lançant dans cette aventure, ce n'est pas stupide. En revanche, tu as raison, ton plan est foireux.

Nous voilà d'accord sur un point, même si ce n'est pas très positif. Et puis, « courageux », faut pas exagérer, je balise à mort, doc ! Je triture mon sac en plastoc bariolé. Des bourrasques glacées balaient la gare. Ça n'effraie pas Philippe.

– Si personne ne t'attend là-bas, ta situation deviendra rapidement intenable.

– Pas forcément.

– Dans ta banlieue, le danger que tu redoutes ne disparaîtra pas. Au contraire, si quelqu'un te recherche, il se rendra dans ta commune.

– Je ferai gaffe.

– En allant à Paris, tu crois fuir tes problèmes, mais ils te rattraperont encore plus vite, parce que tu y seras seul, totalement seul.

– Ce sera pire qu'ici ?

– Oui, et je tiens à t'éviter ça.

Avec mon petit polo sur le dos, j'ai de plus en plus froid. Des gerbes de pluie nous éclaboussent, des éclairs zèbrent le ciel. Je me lève. Mon psy dépose son veston sur mes épaules. Sa chaleur m'enveloppe aussitôt. Je lui tends mon billet. Il le prend, sans un mot. Nous nous dirigeons vers le guichet pour demander le remboursement. Derrière la vitre, le type paraît surpris. Le doc insiste sur le fait que je suis un « mineur non accompagné ». L'agent de la SNCF ne rechigne pas, il paie. Philippe me remet l'argent qu'il a reçu. Il estime que je dois le rendre moi-même. Je le fourre dans ma poche, et je lui tends sa veste. Dehors, un déluge inonde le parking. Nous sortons en courant pour nous engouffrer dans sa voiture. En vingt pas, je suis trempé jusqu'au caleçon !

Un Kangoo bleu approche, gyrophare allumé. Philippe ouvre la vitre de sa petite Twingo et fait un grand signe de la main. Les gendarmes nous rejoignent en projetant des éclaboussures d'eau boueuse. À cause de l'orage, mon psy doit crier pour les informer qu'il m'a trouvé et qu'il me reconduit à l'hôpital. Les mecs en uniforme donnent leur accord. Philippe démarre. Nous remontons la rue transformée en torrent. Comment parvient-il à distinguer quelque chose avec de la buée plein les vitres et des essuie-glaces incapables de balayer la flotte qui se déverse sur nous ? Par miracle, nous arrivons à destination sans percuter d'obstacle. L'auto pile devant mon bâtiment. Le docteur Hepstein nous attend sous le porche, la bedaine en avant. Ses yeux sombres sont impressionnants, il nous observe pendant que nous descendons de la bagnole. Philippe lui annonce qu'il m'a récupéré sur le quai de la gare. Les gendarmes ayant été mis au courant, je reste confié au centre hospitalier pour l'instant. Pour l'instant seulement, parce qu'ils informeront la juge des enfants de ma « tentative de fugue ».

Hepstein fronce les sourcils et me conseille de cesser mes bêtises. Je dégouline de pluie, j'en asperge le sol dès que je bouge. Ben voilà, toubib, mon psy m'a repêché dans la tempête, et je ne sais pas s'il m'a sauvé. J'ai envie de hurler que j'en ai marre de cette vie déglinguée, mais au lieu de crier je souris, en essayant de ne pas trembler malgré le froid qui gagne mes os.

Le médecin me recommande de me tenir tranquille en attendant la convocation de la juge des enfants, si je ne veux pas avoir affaire aux gendarmes pour de bon. Je jure que je ne recommencerai pas, je suis prêt à jurer n'importe quoi, je n'en peux plus, mes dents s'entrechoquent. Un brancardier surgit. Mince, le géant de l'autre jour, dans le couloir ! Il me prend par l'épaule pour me conduire à l'ascenseur. Je n'ose pas résister. Ce mec mesure au moins deux mètres. Ses longs cheveux noirs sont tirés en arrière, avec une queue-de-cheval sur la nuque. Il porte, sous sa blouse blanche, un jean coupé court qui découvre ses mollets poilus. Rien de normal chez lui. On attend la cabine. Il m'explique :

– Je t'accompagne à ton étage.

– Bah, je connais le chemin.

– Toi, tu as le teint d'une momie anémiée. Alors moi, je te ramasse si tu tombes en morceaux.

Il tente de faire de l'humour ? À tout hasard, je hoche la tête. Il a une voix rugueuse avec un accent indéfinissable.

Apparemment, il n'a pas l'intention de me massacrer. Une fois dans l'ascenseur, je m'appuie contre la paroi. Le brancardier me dit :

– Tu penses que la vie n'est pas un long fleuve tranquille, pas vrai ?

– Ouais.

J'ai vu le film. Qui n'a aucun rapport avec mon histoire. Mais il a raison, rien de « tranquille » dans ce monde détraqué. Arrivés au service Gastro, nous tombons sur Sophie. Le mec me confie à elle, il repart à grandes enjambées après un petit signe de la main. Je reste figé dans mes vêtements trempés. L'infirmière a encore une bosse sur le front, avec des couleurs moches. Je lui tends les billets. Elle les récupère en disant :

– Nous savons que tu traverses des moments difficiles, Jérôme, mais tu vas être pris en charge par la PJJ, ne sois pas si inquiet. Ce sont des professionnels qui s'occuperont bien de toi, pour t'offrir de bonnes conditions de vie, j'en suis persuadée.

Ben moi, j'y crois pas trop. Une flaque d'eau s'étend à mes pieds. J'entends quelqu'un trottiner. Bouboule se précipite sur moi, m'empoigne, me propulse jusque dans ma chambre, elle arrache mes vêtements ! Je bondis dans le cabinet de toilette pour m'essuyer, je grelotte de tous mes membres. Vite, je monte dans mon lit. Lucienne est en pétard, je n'ai pas intérêt à la contrarier. Philippe nous rejoint. Il s'adosse au mur, près de ma feuille de température. Bouboule téléphone pour qu'on m'apporte un dîner. Son sparadrap « INFIRMIÈRE EN GRÈVE » pendouille lamentablement. Je ne parviens pas à me réchauffer. Quelle galère ! En plus, j'ai failli finir à la gendarmerie, bouclé dans une cellule avec des psychopathes pervers. Un naufrage complet !

Une aide-soignante amène un plateau. Lucienne me rudoie :

– Mange, sinon je te pose une perf !

– Je m'excuse... euh, pour...

– A-t-on idée de partir comme ça ! Tu m'as fait de la peine.

– Désolé, j'ai paniqué et je...

– Bah, bah, on arrête les plaintes et les regrets, il n'y a rien de bon à en tirer. À partir de maintenant, tu dois bâtir sur du solide, préparer sérieusement ton avenir. Plus d'imbécillité ! Écoute les médecins, et suis nos conseils ! Allez, je vous quitte, j'ai largement dépassé mon quota d'heures supplémentaires ! Bonsoir, vous deux.

Elle sort en emportant mes habits trempés. Je reste avec mon psy, et une assiette de soupe chaude.

– Euh... je vous ai dérangé, sous la pluie... et je vous retarde... pour le dîner.

– Aucun problème. Tu sais que je vis seul, je mange quand je le désire.

– Bouboule a cafté ?

– Elle a mentionné tes questions. Nous travaillons en équipe, nous partageons nos informations. Elle ne voulait pas te causer d'ennuis, elle s'inquiète beaucoup à ton sujet.

– Ah.

– Ainsi, tu souhaitais vraiment que je t'accueille chez moi ?

Je me rappelle mon beau projet, je revois la maison, la pelouse avec la piscine. Et j'y croyais. Quel imbécile !

– Navré d'avoir contrarié tes plans, Jérôme. Ils n'étaient pas adaptés à la situation. Nous en trouverons d'autres qui conviendront mieux.

Pas d'engueulade, bien que j'aie fichu le bazar à l'hôpital. Philippe m'a récupéré à temps. Un peu plus, et les gendarmes m'embarquaient.

– Merci d'être allé me chercher.

Le psy s'approche du bord du lit. Lui aussi a changé de vêtements. On croirait un chirurgien en salle d'opération.

– J'essaie de t'aider, de comprendre ce qui t'accable. Tu te rappelles que tu supportais mal ta blouse d'hôpital ?

– Ouais, j'avais la honte.

– En effet, c'était humiliant pour toi, alors je me suis débrouillé pour te fournir un pyjama. Et quand tu te mets en péril en fuguant, je m'efforce de te récupérer avant qu'il ne t'arrive de sérieux problèmes. Je suis ton médecin, tu es mon patient. Ce qui t'atteint me préoccupe. Je perçois la forte angoisse qui te tourmente, sa cause m'échappe encore et j'ai l'impression que tu ne veux pas que je la découvre.

Je détourne les yeux. La réponse n'est pas simple. D'accord pour lui parler des choses qui me tracassent, mais pas les coups de feu, pas mon copain mort ! Philippe me propose un comprimé pour dormir. Non merci, le sommeil me brouille déjà la tête. Il me souhaite une bonne nuit, puis il quitte la pièce. La pluie continue à battre contre ma fenêtre. Je ne serai pas à Paris ce soir.

Pourquoi tout foire toujours avec moi ?

Je finis ma soupe, je mâche un peu de pain, mais je ne touche pas à la compote de pommes baveuse. L'aide-soignante entre brusquement, je sursaute comme un débile. Elle reprend le plateau-repas, et me demande si je désire autre chose. Non, rien, merci. Elle ne bouge pas. Je tente un sourire, ou quelque chose qui y ressemble. Ça semble lui convenir, elle éteint la lumière en sortant.

Dans le noir, je pleure en silence. Je ne sais même pas pourquoi !

16

La juge ne lambine pas

Bouboule s'inquiète de mes cernes sous les yeux, dès le matin. Ma température de 37,4 °C ne la rassure pas vraiment. « Tu n'as pas bonne mine. » J'ai éternué trois fois avant le petit déj', et autant après. Explosions microbiennes multidirection. J'ai ramassé des morceaux de céréales sur mon drap. Sortir sous la pluie n'arrange pas la santé.

Ma mère disait aussi que le petit frère de Sébastien n'avait pas « bonne mine ». En fait, je ne connaissais pas bien ce garçon. Notre dernière rencontre remonte à trois ans. Cédric était allongé dans sa chambre, avec un visage d'une pâleur effrayante. Un tas de médocs posés à côté de lui. Il est mort un mois plus tard. Il avait onze ans.

Lucienne revient en trombe, elle m'annonce mon départ pour Dijon.

– Quoi ?

– Une convocation de ta juge.

– Hein ?

– Tu voulais qu'elle s'occupe de ton cas, non ? Alors, saute dans tes chaussures !

Vite, je dois m'habiller. Elle me tend mes sous-vêtements et mon polo qui sont secs et repassés. Bouboule pense toujours à tout ! Par contre, le jean noir est encore humide. Je n'ai pas d'autre choix que d'enfiler le vieux jogging. Je serre la ceinture au max. Comment faire bonne impression affublé d'un futal aussi grotesque ? Lucienne me glisse à l'oreille que mon psy m'accompagne. Ah bon ?

Je descends avec le brancardier étrange (pas si étrange). Il me dit : « Aujourd'hui, tu as l'aspect harmonieux d'une momie en forme olympique. » Je le remercie. Il me guide jusqu'à une auto ornée d'une croix bleue. « Tu seras transporté dans un véhicule sanitaire léger. » Ouais, normal, je suis plutôt dans la catégorie « léger » ! Le docteur Bertin déboule, il me salue à peine et ouvre la portière arrière. On s'installe. Le chauffeur démarre aussitôt pour le tribunal de grande instance de Dijon. Il a un cou de taureau, le genre super costaud, ça me rassure un peu.

Je scrute partout. Pas de grosse bagnole noire. Nous sortons de Saulieu. Un camion nous suit. J'essaie de calmer les battements de mon cœur. Je n'y parviens pas, ce rendez-vous au palais de justice me file les pétoches. On avale les kilomètres sans que personne prononce une seule parole, ce qui m'angoisse encore plus. Je ne risque pas d'être bien accueilli là-bas. D'abord l'histoire de ma fugue, ensuite Hepstein a dû raconter que je jette des vases à la tête des gens, et mon psy a peut-être parlé de mes crises d'ado hystérique dans son cabinet. Résultat, la juge m'expédiera dans un foyer pour caractériels dangereux. J'ai intérêt à trouver un truc sympa à dire à Philippe pour qu'il m'aide à limiter les dégâts.

– Heureusement que vous m'avez donné deux pantalons, l'autre était encore trempé. J'ai failli partir en pyjama !

– Tant mieux si cela te rend service.

– Je m'excuse pour hier, c'était du n'importe quoi.

– Tu le penses vraiment ?

– Ouais, vous avez raison, je ne m'en sortirai pas tout seul à Paris.

– Content de te l'entendre dire. La juge a organisé une audition en urgence, ce matin, pour aboutir rapidement à une solution. Elle te présentera différentes options, tu donneras ton avis.

– Vous croyez qu'elle m'écoutera ?
– Oui, elle t'écoutera.
– Et elle n'en fera qu'à sa tête ?
– Non, elle souhaite que cela te convienne, à toi aussi.
– En tout cas, je préfère la rencontrer avec vous.

Il sourit. Je suis soulagé. Il ajoute :

– Ton chirurgien, qui a prescrit ce transport en VSL, m'a désigné comme personne accompagnante, puisque tu as moins de seize ans. Tu vois que le docteur Hepstein n'est pas si méchant que ça.

Ouais, d'accord. La voiture s'engage sur la bretelle d'accès à l'autoroute. Philippe se passe une main sur le visage. Les joues mal rasées, le nœud pap' de traviole, il semble crevé. Il doit manquer de sommeil. Un point commun entre nous. Voilà une occasion de lui confier de ce que je « ressens ».

– La nuit, je fais des cauchemars, ou alors des rêves bizarres. Je me trouve toujours dans des lieux improbables, des situations délirantes. Au réveil, je me sens paumé, complètement largué.

Je dois me battre de nouveau, contre les gens qui ne croient pas aux hommes en noir, et contre les questions dangereuses. Philippe se tourne vers moi.

– Pendant le sommeil, notre esprit se confronte souvent à des problèmes que nous avons du mal à résoudre. Tu viens de perdre tes parents. Cette réalité n'est pas simple à accepter, surtout dans les circonstances que tu as connues.

– Je ne vois pas en quoi les stupidités que j'invente m'aideraient à « résoudre » quoi que ce soit !

– Pour affronter le deuil, ton cerveau s'efforce d'intégrer beaucoup de choses nouvelles. Il faut du temps pour atténuer les effets de l'ébranlement psychique que tu as subi. Et dis-toi qu'un mauvais rêve vaut mieux qu'un bon, parce qu'il pose de bonnes questions.

– Des questions débiles, oui !

– Les rêves servent à grandir.

– Alors là, j'en ai rien à fiche, de grandir dans un monde qui dégomme tous ceux que j'aime !

– J'en conviens, Jérôme, le monde n'est pas juste. Pourtant, la vie n'est pas forcément moche. Passé les épreuves que tu vis en ce moment, tu trouveras de la joie, du bonheur, j'en suis convaincu.

Question bonheur, j'ai comme un doute. Je me tourne vers la vitre. La bagnole file sur l'autoroute, celle sur laquelle on s'est crashés le soir où... Nous allons passer sur les lieux de l'accident ! Sur l'autre voie, mais sous le même pont. Nous abordons la côte du mont Pouilly. J'avale difficilement ma salive. J'aperçois les piliers gris. Il n'y a plus aucune trace. J'y crois pas ! Un choc pareil, et maintenant... Oh, le paysage tangue... Ou bien c'est moi... Mon cœur se soulève !

– Docteur, ça va pas.

– Qu'est-ce que tu as ?

– Ça va pas.

– Que se passe-t-il ?

– Ça va pas.

Le psy ordonne au chauffeur de stopper. Coup de patin. La voiture se range sur la bande d'arrêt d'urgence avec les warnings. Je me précipite vers le fossé. Mon petit déjeuner part dans la nature. Quelle galère, j'ai horreur de vomir.

Je remonte dans l'auto, je m'affale sur le siège. Philippe me tend un sachet contenant une serviette parfumée au citron. Je le remercie et je me débarbouille avec la lingette humide. Elle parvient à peine à masquer l'odeur dégueulasse.

– D'habitude, je ne suis pas malade en voiture.

– Aucune importance.

Je n'ose pas dire à Philippe qu'on est juste à côté de l'endroit où mes parents... On doit bouger d'ici ! Heureusement, le chauffeur redémarre. Je baisse ma vitre. L'air frais fouette mon visage. Cette nuit-là, nous étions dans l'auto fracassée, Papa et Maman déjà morts, moi encore vivant. Les miens ne m'ont jamais autant manqué. Le psy se penche vers moi.

– Avec la juge, tu choisiras un lieu où tu te sentiras en sécurité. Cela te réconfortera, tu envisageras ton avenir plus sereinement.

Je cale ma nuque contre le dossier du siège. On prend de la vitesse, je remonte la vitre. Je vais devoir vivre avec des inconnus durant des mois et des années, comment tenir le coup ?

– Docteur, vous ne me laisserez pas tomber ?

– Je ne te laisserai pas tomber, je te le promets.

– Même avec mes pétages de plomb dans votre cabinet ?

– Bien sûr. La preuve, j'arrive à te supporter quand tu vomis en voiture.

– Arrêtez, j'ai pas dégueulé dans votre bagnole de merde !

Je ris. Sa blague n'est pas vraiment drôle, pourtant je rigole. Parce que c'est ce qui me manquait, pouvoir plaisanter avec quelqu'un de sympa. Il poursuit :

– Nous travaillerons ensemble sur tes cauchemars, pour qu'ils soient moins fréquents, moins éprouvants.

Il continue à me tutoyer. J'ai droit à un traitement de faveur ? Il prétend qu'il ne veut pas être mon ami, et il me tutoie. Ce psy reste une énigme. Nous arrivons à Dijon. Mon estomac s'est calmé. Ma tête aussi, le paysage ne tourne plus. Le chauffeur nous dépose devant le TGI. Où se trouve le tribunal pour enfants dans cette cité judiciaire ? Philippe consulte son smartphone. Nous empruntons un ascenseur, nous enfilons des couloirs. Le trajet me semble interminable, ma cheville m'élance de plus en plus. Au bout d'un long corridor, nous atteignons un bureau où se tient un policier. Il prend nos cartes d'identité, puis s'éloigne. Je me laisse tomber sur un siège. Le flic revient à son poste. Bientôt, un couple accompagné d'une gamine sort d'une des salles. Le téléphone sonne, le mec en uniforme décroche et nous adresse un signe pour qu'on le suive.

Claire Nodier nous attend devant son cabinet, vêtue d'un pantalon rouge et d'une tunique blanche en tissu léger qui lui donne une allure très classe. Elle nous serre la main et nous invite à entrer. Je pénètre dans une pièce encombrée de placards. À droite, une petite femme disparaît presque derrière un énorme écran d'ordinateur. En face de nous se dresse un bureau avec des piles de dossiers. La juge s'y installe et nous désigne deux chaises. Nous nous asseyons. Philippe lui raconte mon malaise au cours du trajet. Elle semble désolée.

– Tu es très pâle, en effet. Sylvie, donnez-lui un peu d'alcool de menthe sur un morceau de sucre. Tu aimes la menthe ?

– Euh, oui.

– Prends-le, tu te sentiras mieux. Et voilà une bouteille d'eau minérale pour que tu te réhydrates.

J'avale son truc qui me paraît très fort, j'ai la bouche en feu ! Vite une goulée de liquide pour me rafraîchir. La juge se penche vers moi, elle pose ses deux gros seins sur ses papiers, et me fixe d'un air sévère. J'ai oublié de dire merci ?

– Monsieur Jérôme Louvart, commençons par ce qui s'est passé hier. Je suis inquiète, *très* inquiète. J'essaie d'avancer sur ton dossier et tu me compliques furieusement la tâche !

– Je ne voulais pas vous...

– Tu ne crois pas que ça soulève d'*énormes* questions, cette fugue ? Tu ne penses pas que je m'interroge sur ta capacité à te conduire raisonnablement ?

– J'avais la trouille que...

– Tu as eu peur et tu t'es mis en danger ! Est-ce que ça a du sens ?

– Ben, non.

– « Non », en effet ! Tu étais près de te perdre, voilà la vérité ! Il est temps d'atterrir dans la réalité du monde, Jérôme. À ton âge, tu ne peux pas subvenir à tes besoins. Tu t'en rends compte, oui ou non ?

– Oui.

– Une fugue comporte des risques *énormes*. Ne baisse pas les yeux, regarde-moi ! As-tu bien conscience d'avoir commis une erreur ?

– Oui oui, je l'ai même dit à mon… au docteur Bertin, dans la voiture.

Mme Nodier se tourne vers mon psy, qui acquiesce. Elle reprend plus doucement :

– Bon, cette fois, j'accepte de passer l'éponge, parce que ton thérapeute m'a expliqué tes angoisses, tes frayeurs. En contrepartie, j'exige que, de ton côté, tu t'engages à ne plus répéter de telles bêtises ! Tu dois nous accorder ta confiance. Je ne veux plus d'un Jérôme errant sur le quai d'une gare. Compris ?

Je jure de ne plus recommencer. Quelqu'un frappe à la porte. La juge l'invite à entrer. C'est Myriam, l'éducatrice, qui apporte un épais dossier. Elle nous salue et s'assoit à côté de Philippe.

– Ce point étant réglé, nous pouvons aborder ton avenir. J'essaierai d'être brève : je peux te proposer de vivre dans un foyer pour adolescents, où des éducateurs te prendront en charge. Une autre solution consiste à te placer dans une famille d'accueil. Ce sont des gens compétents qui s'occuperont de toi. Enfin, il est possible de te confier à des tiers de confiance, tes oncle et tante…

– Surtout pas !

– Bon, nous allons discuter de ton affaire à huis clos maintenant.

Elle demande à Philippe de nous laisser seuls. Pourquoi ? Pour une histoire de confidentialité des débats. Après un clin d'œil d'encouragement, mon psy se lève et sort m'attendre dans le couloir. Myriam fouille dans ses papiers, et tend une chemise à ma juge qui s'empresse de l'ouvrir. Elle lit une des feuilles. Je patiente. Mon énorme pantalon de jogging plisse de partout. Quelle allure ! Je tente d'en glisser une partie sous mon polo malgré la ceinture qui gêne le passage.

Claire Nodier relève la tête et s'adresse à moi :

– Jérôme, tu ne sembles pas désireux de vivre auprès des tiens.

– Je ne tiendrai jamais le coup avec ces gens-là.

– Explique-moi pourquoi.

– Euh... Je vous donne un exemple ?

– Je t'écoute.

– Voilà : un jour, j'ai eu une embrouille avec mon père, et il a tout raconté à son frère, Tonton Antoine. J'étais allé dans un parc de loisirs, et Papa croyait que ça avait été organisé par des voisins, des adultes, quoi. Quand il a découvert que j'étais parti avec des copains, il m'a accusé de l'avoir trompé, de n'être qu'un menteur, un « petit comploteur hypocrite ». Mon oncle lui a conseillé de m'envoyer chez les scouts marins pour m'apprendre la discipline ! Du coup, il m'a privé de sortie et de télé pendant un mois. Pourtant, j'avais averti ma mère que j'y allais avec Sébastien et Alfred. Papa prétendait que j'avais caché des choses ! Faux, archi faux !

– Entendu, Jérôme, je comprends.

– Oui, mais vous savez ce que Tonton Antoine a dit à mon père ? « Il faut le dresser. » Il parlait de moi ! Je ne suis pas un chien quand même ! Avec lui, ce sera la guerre.

– Et ta tante ?

– Pas mieux. Elle me caresse les joues chaque fois qu'on se rencontre, et elle ajoute : « Le portrait craché de sa maman ! » Eh, oh, du bateau, je suis un *garçon* ! En plus, quand elle s'assoit à côté de moi, elle me touche le bras ou la jambe, un truc hyper chelou. Surtout, ne m'envoyez pas chez ces barjots !

– Ne t'inquiète pas, j'ai noté ton refus.

Alors, on est d'accord, tant mieux. Quand mes oncle et tante venaient à la maison, ma mère faisait profil bas, elle n'osait pas les contrarier. Des problèmes avec la famille de Papa ? Mince, je n'écoute plus la juge !

– … ainsi tu as une idée de la façon dont est organisé cet établissement de placement éducatif. Myriam, pouvez-vous nous donner d'autres précisions ?

– Oui, madame la juge. Cette structure pour adolescents dépend de la PJJ de Dijon. Une place y est disponible. Le foyer se situe en centre-ville. Il comporte un réfectoire, une salle de sport et un espace multimédia, chaque chambre accueille deux résidents. Le collège n'est pas loin. As-tu des questions, Jérôme ?

Peu importe les détails, je n'ai pas l'intention d'y mettre les pieds. Ces mecs-là me trouveront bizarre, et ils me taperont dessus. Je demande :

– Il n'y aurait pas une autre solution ?

– Si, bien sûr, il reste la possibilité de te confier à une famille d'accueil. Nous en avons parlé ensemble au téléphone, et tu semblais refuser ce placement.

– Ben, vous pouvez me redire ce que c'est que ce truc ?

– Ce n'est pas un « truc », il s'agit d'un couple, les Grandjar, des gens sympathiques, des agriculteurs qui habitent une grande maison en pleine forêt près de Saulieu.

Myriam saisit une photo dans son dossier et me la tend. On y voit plusieurs bâtiments de ferme entourés d'arbres. L'éducatrice précise :

– Ils élèvent des bovins.

– Les bêtes, ça ne me branche pas trop.

– Si tu crains pour ta sécurité, personne ne viendra t'embêter dans cet endroit isolé.

Évidemment, un coin perdu « en pleine forêt », ce serait une bonne planque. La juge ajoute :

– La procédure pénale est encore en cours, la gendarmerie travaille à éclaircir les circonstances de ton accident et de ta blessure. L'analyse des indices et les investigations dureront plusieurs semaines. En attendant, il me revient de prendre une décision, puisque ta sortie de l'hôpital est imminente. Je peux te proposer un placement provisoire dans cette famille. Les Grandjar ont accepté de te recevoir dès maintenant.

– Aujourd'hui ?

– Compte un à deux jours quand même. Nous avons la chance qu'en ce moment ce soit calme du point de vue administratif, la procédure aboutira rapidement. Et, rassure-toi, très peu de personnes connaîtront ton lieu de résidence, il restera confidentiel.

Son idée ne paraît pas si mauvaise. Pourtant, j'ai encore des doutes.

– Ce sont des vieux ?

– Non, ils ont une fille qui a six mois de moins que toi, et un garçon âgé de seize ans. Les placements que j'ai effectués dans cette famille ont été très satisfaisants. Les jeunes se sont épanouis là-bas. Alors, serais-tu partant ?

Avant d'accepter, je lui demande si je pourrai changer d'avis plus tard. Elle m'assure que oui. Bon, d'accord. Ma juge dicte aussitôt à sa secrétaire une « ordonnance de placement provisoire ». Elle ferme la chemise posée devant elle. Je ressens tout à coup une impression de vide sidérant.

– Jérôme, je te précise que… Mais… tu ne te sens pas bien ?

Les mots résonnent bizarrement dans cette grande pièce. Quelque chose ne va pas. C'est le palais de justice, le tribunal pour enfants, la famille d'accueil.

– Maintenant, mes parents sont vraiment morts.

La magistrate se lève et contourne son bureau pour se pencher vers moi. Elle pose sa main sur mon épaule en me parlant doucement.

– Je comprends, Jérôme. Dis-toi bien cependant que je ne suis pas en train de remplacer ton père ni ta mère. Nous cherchons, ensemble, une solution qui donnera les meilleures garanties pour ton avenir, et il me semble que nous avons bien progressé : avant le jugement, que je rendrai fin août probablement, tu seras placé chez les Grandjar. De cette façon, tu disposeras de plusieurs semaines pour te rendre compte si ce cadre te convient. Si oui, je prorogerai cette mesure, sinon nous trouverons autre chose. Ça te paraît jouable ?

J'approuve de la tête. Loin de la ville et loin des gens, son plan a l'air correct, je suis prêt à tenter le coup. Et je crois que mes parents se sentiraient rassurés de me savoir à l'abri dans cette ferme isolée en pleine forêt.

17

La jeune patiente

Retour sur le parking de l'hôpital. Pas de malaise cette fois-ci, j'ai dormi tout le long du trajet. Philippe me quitte rapidement, il a des rendez-vous. On se reverra demain dans son cabinet, il tient à ce qu'on continue les séances. Faut croire que je n'y échapperai pas.

Je croise le brancardier géant en débarquant à mon étage.

– Qu'a donné ta réunion à Dijon ?

– Je pars dans une famille d'accueil. Dans un jour ou deux.

– C'est une bonne nouvelle.

– Oui, merci... Dites, je peux vous poser une question ?

– Vas-y.

– Sur votre badge, je lis « Abitzu », c'est quoi ? Votre service ? Votre société ?

– C'est mon prénom. Surprenant, n'est-ce pas ?

– Ouais.

– Je t'explique : je suis basque.

– Ah, d'accord. Plutôt zarbi, mais j'aime bien.

– Alors, je suis content.

– Vous savez, j'étais... j'avais un peu peur de vous, avant.

– On ne se connaissait pas.

– Voilà.

– « Celui qui a franchi le gué sait combien la rivière est profonde. »

– Quoi ?

– Un proverbe de mon pays.

– Ah bon ?

– J'y ai pensé en te raccompagnant hier.

– Hier ? Ah... Ouais, la rivière est profonde.

– Et tu l'as franchie.

– Je suis pas sûr de bien comprendre ce que vous me dites, mais... merci.

Il me serre la main, en l'écrasant un peu, puis il s'éloigne à grands pas. Lui aussi a traversé un truc vicieux.

En passant devant la salle des infirmières, j'aperçois Sophie. Elle m'adresse un gentil sourire. Ses cheveux bruns sont rassemblés en chignon sur la nuque. Elle affiche « INFIRMIÈRE EN GRÈVE » sur sa blouse. Je lui demande si sa blessure à la tête la fait encore souffrir. Elle éclate de rire et me rassure : elle ne m'en veut pas pour mon geste « irresponsable ». Elle imite très bien Hepstein, je rigole avec elle. C'est curieux, autant Bouboule est ronde, autant Sophie est mince. Elle prend un air grave pour me dire :

– Jérôme, nous avons eu très peur pour toi, hier.

– Ah, navré.

– Lorsque tu as disparu, Lucienne t'a cherché à chaque étage du bâtiment pendant que le docteur Bertin passait des coups de fil partout. Par chance, le garde de la porte d'entrée t'avait aperçu. Ton psychiatre nous avait prévenues la veille, il craignait que tu n'aies des pensées suicidaires. Tu imagines la panique !

J'ai inquiété tout le monde et, comme d'habitude, je ne sais pas quoi répondre. Je réajuste mon futal trop grand qui glisse d'un côté malgré la ceinture de Philippe. Apparemment, mon allure godiche ne trouble pas Sophie. Elle m'explique qu'un drame s'est déroulé ici, il y a quelques années : le docteur Bertin avait pris en charge une adolescente qui connaissait une situation familiale très compliquée. Elle se trouvait hospitalisée à cause d'une anorexie sévère. Un jour, avant la séance de thérapie, elle s'est jetée par une fenêtre du dernier étage. Ça a été terrible pour ses parents. Pour les soignants aussi. Triste histoire. Je ne voulais pas leur flanquer la frousse, j'essayais de fuir plus loin. Et je suis revenu à mon point de départ. Non, pas tout à fait. Il s'est passé quelque chose au sujet de mon placement. Et puis, Philippe me tutoie. J'avance peut-être. Mais vers quoi ? Une sonnerie retentit, un malade appelle. Sophie se précipite dans le couloir.

Je rejoins ma chambre et je m'assois sur le grand fauteuil. Ma cheville m'élance, je la pose sur l'accoudoir pour la masser. Est-ce que la famille de paysans prépare déjà ma venue ? Pour eux, c'est une corvée ou ils s'en réjouissent ? À cause du fric ? On les paie pour ça, non ? Un point positif, ce ne sont pas des vieux débris. Par contre, leurs ados risquent de me snober, ou de me faire la guerre. Et je ne parle pas des hommes en noir qui guettent ma sortie. Mon futur pourri s'annonce quand même bien pourri.

18

Déménagement

Je déménage cet après-midi. Et ce matin, dernière séance avec mon psy. J'attends près de la fenêtre du premier étage. Une infirmière voulait m'escorter jusqu'ici. N'importe quoi ! J'ai juré de ne plus fuguer, vous écoutez les mots que je prononce ?

Philippe est en retard, ou je suis en avance. Je passe une main sur mon crâne, un vrai petit paillasson ! J'ai intérêt à garder la tête rasée pour rester méconnaissable. Un jeune mec sort du cabinet, il porte des fringues XXL. Certainement pas un anorexique. Le psy me fait signe. En entrant, je remarque l'absence de la photo sur le mur. Il suit mon regard, sans faire de commentaire. Je m'assois dans le fauteuil. Philippe attend que j'ouvre la bouche. Je n'ai rien à dire, comme d'hab'. Au bout d'un moment, il me propose de lui raconter un de mes rêves. Pourquoi pas.

– Je vous parle du dernier, celui de cette nuit ?

– Si tu veux.

– Ça commençait comme ça : je marchais dans une forêt, sur un chemin encaissé. Tout à coup, mon pied bute contre quelque chose. Je me penche et je ramasse un pistolet. Un *vrai* flingue, qui pèse lourd. J'ai une impression bizarre, comme si je l'avais déjà tenu dans ma main. À ce moment-là, j'entends du bruit au-dessus de moi, je lève la tête et je vois un loup sur le talus, avec la gueule pleine de crocs. Une bête effrayante, genre chien enragé.

– De quelle couleur ?

– Noir.

Je n'aurais jamais dû répondre ça, il va me brancher sur les tueurs ! Mes mains s'accrochent à mes genoux. Il reprend :

– Dans un songe, il arrive qu'un animal symbolise quelque chose. Est-ce que tu as une idée de ce que ce loup représente ?

Mes doigts se crispent sur mon pantalon. Philippe insiste :

– Une personne ou un acte qui t'a effrayé, par exemple. Qu'est-ce qui te vient à l'esprit lorsque tu penses à cet animal plutôt monstrueux ?

Mes ongles se plantent dans mes cuisses.

– Une histoire qui m'est arrivée quand j'étais gosse.

Je lui raconte ma peur des chiens. Un jour, j'avais trois ou quatre ans, le bullmastiff de notre voisin m'a attrapé par le pull et traîné par terre. Pendant que cette brute me secouait comme un morceau de gigot, le type criait : « Caresse-le, il veut jouer avec toi ! » Au lieu de ça, j'ai pissé de trouille dans ma culotte.

– Un moment effrayant pour un petit garçon de cet âge. Tes parents sont intervenus ?

– Je crois pas.

– Cela t'a déçu ?

– Aucun souvenir.

– Aujourd'hui, qu'est-ce que tu aurais envie de leur dire ?

– Moi ? Rien.

– Vraiment rien ?

– Euh… qu'ils fassent gaffe aux ponts.

– Passons à autre chose. En règle générale, fais-tu confiance aux adultes ?

– Non.

– Et à ton père ?

– Non plus.

– Pour quelle raison ?

Je lui parle du refus pour l'équipe de rugby, des critiques, de ses colères, des gifles quand je l'agaçais. Je n'ai pas que des bons souvenirs avec lui. Pourquoi ça s'est gâté entre nous ? Un jour, Maman m'a glissé à l'oreille que Papa n'avait pas connu son père, comme une excuse. Ben non, ça n'excuse rien ! Tout à coup, je revois mon paternel, l'an dernier, qui m'accompagne à la boutique d'astronomie, pour acheter une lunette. Nous avons monté l'instrument ensemble. On rigolait, parce qu'on avait installé le StarPointer à l'envers ! Pourquoi j'avais oublié ça ?

– Et ta mère ?

– Hein ?

– Tu avais confiance en elle ?

– Oui, bien sûr... elle m'encourageait toujours.

M'man, je devrais évoquer plein d'autres choses importantes que tu faisais pour moi, mais ce qui me revient en ce moment, c'est la douceur de tes yeux qui me disaient : « Je t'aime tel que tu es. » Quand j'étais triste, tu me prenais par l'épaule, tu appuyais ta tempe contre la mienne. Un geste tout simple. Tu me demandais comment j'allais, et je répondais : « Mieux, bien mieux », tu te rappelles ? Un mensonge que tu acceptais en hochant la tête.

Et me voilà seul. Sans toi dans le paysage, j' me sens un peu perdu. Complètement largué, même. Maman, t'es où ? J'espère que t'as pas totalement disparu, parce que ça m'aiderait beaucoup que tu existes encore dans un autre monde. Un monde parallèle ou perpendiculaire, je m'en fous. Que ce soit au ciel, vers Andromède ou sur Pluton, je m'en contrefiche, mais qu'on se retrouve un jour quelque part ! C'est vraiment pas possible de penser que je ne te verrai plus jamais !

Une larme glisse sur ma peau. Je ne l'essuie pas, je la laisse couler. Philippe m'observe. Il m'a posé une question ?

– Quoi ?

– Je ne disais rien.

Une fine couche de sel s'est formée sur ma joue. Je ne la gratte pas.

– Tu aimes beaucoup ta mère, n'est-ce pas ?

– Elle... elle me manque beaucoup.

– Et ton père, j'ai l'impression que vous ne vous compreniez pas très bien.

– Des fois, oui. On a quand même monté la lunette astronomique ensemble. C'était, euh... sympa. Sinon, on se frottait un peu.

En vérité, on se heurtait souvent. Je crois que Papa me trouvait nul. Depuis que je suis ado, il avait un regard, genre : comment fait-il pour être aussi consternant ? Avant, quand j'étais petit, je ne voyais pas beaucoup mon paternel, parce qu'il travaillait sur les champs de courses. Son job : reboucher les trous que font les chevaux dans l'herbe avec leurs sabots. J'aimais l'accompagner là-bas, mais je n'y suis allé que deux fois. Les rencontres hippiques se déroulent surtout à midi ou en fin de journée, et le week-end. Au moment où je rentrais de l'école, il partait au boulot, ou bien il s'y trouvait encore. Les samedis et dimanches, on prenait rarement un repas ensemble. J'avais l'impression d'avoir un père fantôme. Plus tard, il a réussi à être embauché à la mairie pour s'occuper des espaces verts. Ses horaires sont devenus normaux. J'étais déjà collégien. À partir de cette époque, chicanes et accrochages. Papa s'emportait tout de suite pour des broutilles, et au lieu de le calmer j'avais plutôt le don de l'agacer. « Ne souris pas quand je t'engueule ! » Dans le bureau de Philippe, j'arrive à parler de ces moments pénibles. La demi-heure passe très vite.

Mon psy m'annonce qu'il doit s'absenter une semaine, une histoire de congrès à Montréal. Nos séances reprendront à son retour. Il me transmet les coordonnées d'une docteure qui assurera la permanence pendant son déplacement au Canada. « Une collègue très compétente et pleine d'empathie. » Pitié, doc, ne m'obligez pas à raconter ma vie à cette meuf ! Non, je la consulterai uniquement « en cas de crise d'angoisse ou de dépression ». Il me dit au revoir comme si on allait se revoir demain. Plutôt étrange. Je remonte au troisième.

Stress maximum. Dans quelques heures, le saut vers l'inconnu. Parachuté chez les ploucs ! Ça me fout vachement les jetons. Si ça se trouve, ils ont des chiens hargneux, genre molosses sans muselière. Mon psy m'a affirmé que ces gens étaient très « sympathiques », mais il n'a jamais vécu avec eux. Pas plus que la juge. Les adultes se persuadent facilement que leur solution est géniale quand ils n'ont pas à en subir les conséquences.

Pourtant, dans ce trou perdu avec la forêt à côté, j'aurai de quoi me cacher. À condition de trouver une arme pour me défendre. Un gros flingue, avec des balles dum-dum.

19

Famille d'accueil

Je n'ai presque rien avalé au déjeuner, et je patiente assis sur mon lit, les pieds pendant dans le vide. La chaleur me dessèche la bouche, ou alors le trac. Quelqu'un a déposé une valise de vêtements de la part de la PJJ. Merci, les mecs, génial, mais j'ai préféré enfiler mon jean et mon polo. Dans un sac en plastique, j'ai glissé mon pyjama, mon T-shirt flashy et mon jogging flottant. Le brancardier géant a fait un détour par ma chambre pour me dire au revoir, avant de brancarder quelqu'un vers le bloc opératoire. Il m'a cité un vieux proverbe basque : « Ouvre ta porte au bonheur, et attends le malheur de pied ferme. » Sympa, mais un peu flippant. Ensuite, il m'a pris dans ses bras. J'ai manqué m'étouffer, le nez contre sa blouse. Plus tard, Bouboule et Sophie, décorées de leurs bandeaux de grévistes, sont passées pour me souhaiter bonne chance. On a essayé de blaguer pour ne pas plomber les adieux.

Une femme déboule dans ma chambre, les cheveux en bataille. Elle me dit bonjour et m'explique qu'une manif d'agriculteurs l'a retardée. Du coup, elle doit appeler les Grandjar pour les avertir que nous ne serons pas à l'heure. Et elle se précipite dans le couloir. Parce qu'elle ne veut pas leur parler devant moi ? J'attends. Un quart d'heure après, elle surgit en s'essuyant le front. « Je ne retrouvais plus ta chambre ! » Eh bien, ça démarre fort avec elle. Cette bonne femme est une vraie boule de nerfs, agitée comme agitée. Je lui demande si je dois enlever mes feuilles de température du mur. « Pas la peine » qu'elle me répond, et elle me propose de porter mes bagages. Ça va, je ne suis pas handicapé des bras. Je sors avec mon barda. On prend l'ascenseur.

Arrivée au rez-de-chaussée, elle me guide jusqu'à son automobile. À peine sommes-nous installés dans sa voiture lilliputienne qu'elle démarre en trombe. Je m'accroche à la ceinture de sécurité tellement ça tangue. On pile au portail. Le garde déclenche l'ouverture de la barrière. On repart à fond de train. Quand je reviendrai à Saulieu pour les séances avec Philippe, j'en profiterai pour monter saluer mes copines du service Gastro, et Abitzu. Je pense qu'ils seront contents de me voir. Enfin, j'espère.

Mince, j'ai oublié de me dissimuler en sortant de l'hôpital ! Est-ce qu'une automobile noire nous suit ? Difficile à dire, il y a plein de véhicules, une vraie procession. Quel imbécile ! Pour l'instant, on tourne, on vire, parce que la brave dame de la PJJ ne trouve pas la route et, bien sûr, pas de GPS dans sa voiture cheap. « Préviens-moi si tu vois le panneau indiquant Lucenay ! » Ça ne risque pas, j'observe les bagnoles derrière nous. N'empêche qu'à force de changer de direction je suis maintenant certain que personne ne nous a pris en filature. Et j'ai la preuve que la ferme n'est pas facile à dénicher. Pour le moment, nous sommes perdus, paumés, et le téléphone portable de mon accompagnatrice ne capte pas ! On aboutit au fond d'une vallée, dans un bourg qui s'appelle Alligny-en-Morvan. Ma conductrice se gare et descend parler à un vieux monsieur, qui lui explique l'itinéraire avec de grands gestes. On redémarre en guettant un rond-point, qu'on n'aperçoit pas, qui finit par apparaître, et on bifurque sur une départementale, puis sur *le* chemin communal qu'on cherche depuis des plombes. La route s'enfonce dans une forêt impressionnante, la voûte de feuillage masque totalement le ciel ! La voiture ralentit brusquement pour emprunter une voie étroite qui monte raide, et nous arrivons enfin à destination, avec une heure de retard sur l'horaire prévu. Il n'y a plus que le fils, Hugo, pour nous accueillir. Un grand rouquin qui me dépasse d'une tête. Il nous informe que ses parents ont dû s'absenter, qu'ils reviendront bientôt et qu'on peut entrer s'installer dans la maison si on le désire. Là-dessus, il part à scooter. Un sacré bel engin. J'aimerais bien qu'il me le prête un jour, mais c'est mal barré vu la façon dont il m'a dévisagé.

« Je suis désolée pour ce retard », me dit madame PJJ. Je lui réponds que ça n'a pas d'importance. Elle allume une cigarette, et enfourne un chewing-gum. « Ne t'inquiète pas, ils vont bientôt revenir. » Bah, j'espère ! Je profite de l'attente pour découvrir mon nouveau « lieu de vie ». En face de moi, une vaste maison en pierre avec des volets bruns et des lucarnes à l'étage. Dans mon dos, un hangar pour les engins et les machines agricoles. Un peu plus loin, un grand bâtiment avec, de l'autre côté, une énorme grange remplie de foin. Un tracteur XXL stationne devant avec sa remorque. Tout est immense ici. Par chance, il n'y a pas de volatiles qui vous courent dans les jambes et qui chient partout. Je n'ai pas vu de molosse. On entend une vache meugler, au loin.

La cour est déserte, la maison est déserte. Sympa, l'accueil ! Les Grandjar se contrefichent de mon arrivée ? Ah, un monospace surgit. Il pile à côté de nous. La femme qui le conduit se propulse en dehors et s'approche en saluant ma gardienne. Un chien la suit. Petit, le chien.

– Jérôme, je suis heureuse de te voir !

Je me lève. Elle m'embrasse sur les deux joues. Je suis aussi grand qu'elle. Elle porte une longue jupe en jean, et ses cheveux roux sont rassemblés en une natte qui lui descend jusqu'à la taille. Un homme s'approche, un sourire à la bouche. Il me serre la main rudement. Coiffé d'une casquette et vêtu d'un blouson en toile, il bouge sans se presser. Le clebs essaie de me lécher les doigts. Il n'a pas l'air d'avoir la rage. Mme Grandjar m'entraîne dans la maison.

– Tu peux m'appeler Louise, Tante Louise, Mam Louise. Mon mari, c'est Henri ou Tonton Henri. Navrée pour le micmac, on ne pensait pas que vous tarderiez autant ! Tu as dû croiser Hugo, notre fils. On lui a demandé d'assurer la permanence pendant qu'on réglait un problème à Saint-Martin-de-la-Mer. Il a rouspété, parce qu'il voulait rejoindre ses copains à la piscine de Saulieu. Viens, je te montre ta chambre.

À l'étage, je découvre une petite pièce aux couleurs chaudes, la fenêtre donne à gauche sur la forêt et à droite sur des prairies. Le plafond s'abaisse d'un côté, à cause de la pente du toit, et une grosse poutre en bois le traverse. Je pose mon bagage sur le lit. Louise ouvre l'armoire et m'indique comment ranger mes affaires, puis elle me conduit au cabinet de toilette, à l'extrémité du couloir, avec *ici* la corbeille pour le linge sale et *là* les W.-C. Pour la pharmacie, il faudra lui demander, elle planque les médocs dans sa salle de bains, au rez-de-chaussée. En descendant l'escalier, elle me complimente sur ma tenue. J'ai eu raison de porter les habits de Philippe !

J'appréhende quand même la suite, je n'arrive pas à réaliser qu'il s'agit de ma nouvelle maison. Louise m'assure que je dois me sentir chez eux comme chez moi. Justement non, je n'ai plus de chez-moi, et c'est là mon problème. En pénétrant dans la cuisine, elle me propose un goûter. Deux grosses tranches de pain beurré débordant de confiture. Rien qu'à les voir, j'en ai l'eau à la bouche ! Elle me sert ensuite un verre de jus de pomme. Incroyable, il sent la pomme vraie de vraie ! Je pense retrouver l'appétit ici.

L'accompagnatrice de la PJJ est repartie, Henri s'est occupé de la paperasse avec elle. Je m'essuie les lèvres à une serviette, je mange plus salement qu'un porc, mais c'est trop bon ! Mme Grandjar s'exclame : « Voilà Zoé ! » En effet, par la fenêtre, je l'aperçois qui approche, suivie par une copine. Elles ont des super VTT. Dans ma banlieue, je n'avais que des bicyclettes pourraves. Mes parents ne voulaient pas m'en acheter des neuves, à cause de la fauche. Mon père me disait : « Si on te demande ton vélo dans la rue, tu serais capable de le donner. » Ben oui, je n'ai pas envie qu'on me tape dessus pour deux roues en fer !

Les filles pénètrent dans la pièce. La première m'observe, pendant que l'autre salue les Grandjar. Elle a de longs cheveux flamboyants qui frisottent en tombant sur ses épaules. J'essaie de soutenir son regard. Elle m'adresse un sourire. Je tire sur les zygomatiques. Je ne sais pas ce que ça donne. Elle s'approche.

– Salut, moi c'est Zoé. Je te présente Aurélie, ma meilleure copine, elle habite Saint-Martin. Le bourg n'est pas loin, tu verras, on ira là-bas à vélo.

– Euh, j'en ai pas...

Louise intervient :

– Ce garçon s'appelle Jérôme. Pour le vélo, tu prendras celui d'Hugo. Depuis qu'il a son scooter, il ne s'en sert plus. Tu devras régler la selle...

Sa fille l'interrompt :

– Pas de problème, je m'en occuperai. Je dis au revoir à Aurélie et je lui fais visiter la maison.

– Zoé, je lui ai *déjà* montré l'étage.

– D'accord, mais moi, je lui montre en mieux. Allez, Jérôme, on raccompagne Aurélie. Clipo, viens, mon chien !

Nous marchons sur le chemin qui descend jusqu'à la route. Le clébard court autour de nous, la truffe au ras du sol. J'ai l'impression de me balader avec des camarades de collège. Elles parlent d'un thriller de Lisa Gardner qu'elles lisent en ce moment et qui les passionne. Zoé me le passera dès qu'elle l'aura achevé. Cette fille me met tout de suite dans le bain, sans m'assommer de questions. Arrivée en bas du raidillon, Aurélie monte sur son VTT, qu'elle tenait à la main, et elle nous quitte. Nous revenons sur nos pas. J'aimerais remercier Zoé pour son accueil. Enfin... lui dire quelque chose de gentil.

– Euh, elle est sympa, ta copine.

– Oui. Quand tu la connaîtras mieux, tu le penseras vraiment.

– J' suis sincère, j' te jure ! Et toi aussi, tu es...

– Sympa ?

– Euh, ouais.

Elle rit. Je pique un fard. Soudain, elle prend un air désolé.

– Mille excuses, je plaisantais.

– C'est pas grave.

Elle continue à sourire, et m'entraîne vers un chemin qui contourne la ferme. Cette fille semble rebondir à chaque pas sur ses longues jambes. Elle a deux petits seins qui pointent sous son maillot. On a presque le même âge, c'est chouette. En débouchant sur une clairière, elle me dit qu'avec sa peau fragile elle doit se couvrir de crème solaire dès qu'il fait beau.

– Pas toi ?

– Nan, je suis pas fragile... Enfin, pas spécialement fragile... de la peau.

Mes bredouillements ne la dérangent pas. Ça me rassure. Nous marchons côte à côte. J'aime bien cette forêt, elle paraît immense, j'ai l'impression qu'elle me protège. Zoé me raconte des anecdotes sur sa vie au collège de Saulieu, les problèmes avec le car scolaire qui arrive en retard quand il neige ou qu'il gèle, ses soucis avec de pauvres débiles qui se moquent de ses taches de rousseur et de la couleur de sa tignasse. Je lui parle de mes camarades de foot qui me chambraient parce que je ratais le ballon une fois sur deux. Elle me plaint : « Quelle malchance de tomber sur ce genre de gars ! » Si elle savait...

Le soleil commence à baisser sur l'horizon. Par instants, les rayons illuminent les cheveux de Zoé, on les croirait incandescents ! Elle m'explique le métier qu'elle souhaite exercer plus tard : tailleur de pierre, pour réparer de vieux monuments. Il paraît que cette formation est rarissime, et qu'elle concerne très peu de filles. Malgré ça, elle trépigne d'impatience de se lancer là-dedans, d'autant plus que le boulot ne manquera pas : un tas d'églises anciennes, de bâtisses fortifiées tombent en ruine dans le secteur ! Cette fille n'a pas froid aux yeux. Quand je suis avec elle, je n'ai plus peur. Étonnant, non ? J'aimerais qu'elle devienne mon amie, mais je dois chasser cette idée. Il arrive des choses épouvantables à mes amis.

Une cloche sonne pour annoncer le dîner. Nous rentrons. Je balise un maximum en pénétrant dans la salle à manger. Les autres sont déjà à table. Heureusement, on m'a réservé une place à côté de Zoé. J'observe les Grandjar pour calquer mon comportement sur le leur. J'ai intérêt à faire bonne impression dès le départ. Je ne veux pas passer pour un mal élevé ni pour un garçon bizarre. Ça débute mal, chacune de mes phrases commence par : « Je m'excuse », « Je suis désolé », « Pardon ». Même pour demander le sel ! Affligeant. Qu'est-ce qui me prend ? J'ai les joues en feu, je suis en nage. Ils sont aussi décontenancés que moi. Louise finit par me dire de ne pas me tracasser, que ma présence ne les dérange pas, qu'ils sont contents que je sois là. Puis elle se met à discuter avec les siens des petits problèmes de la ferme. J'essaie de m'intéresser au contenu de mon assiette.

Étrange de vivre au milieu d'une famille quand on n'en a plus. À la fin du repas, je monte à l'étage, en prétextant que je suis fatigué. Ils restent en bas, devant la télé. Zoé aussi. Je me lave les dents en prenant soin d'éviter mon reflet dans le miroir. Je ne veux *surtout pas* voir la tête qu'ils avaient en face d'eux. Je file dans ma chambre. Avant de fermer les volets de ma fenêtre, j'examine le paysage. Rien de suspect.

J'enfile mon pyjama, et je me couche…

Impossible de dormir. J'ai mal au cœur, mal aux tripes. Pas envie de dégueuler, non, c'est au fond de moi. Un dégoût tout au fond de moi. À en hurler jusqu'à la fin de la nuit… Surtout, ne pas craquer, pas maintenant… « T'es un homme, merde ! » criait mon père.

20

La ferme isolée

Me voilà installé chez les Grandjar depuis une semaine déjà. Leur ferme s'appelle l'Huis du Défens, un nom improbable ! Je commence à trouver mes marques dans cette grande maison. J'ai appris où sont rangées les choses, je suis capable de mettre le couvert, de préparer mon petit déjeuner et mon goûter. Pour l'instant, la famille évite de me compliquer la vie. On ne me pose aucune question concernant mon passé. Ils savent qu'une enquête de gendarmerie est en cours, sans en connaître les détails. Malgré le premier repas calamiteux, personne ne semble me prendre pour un garçon bizarre. Bien sûr, quand ils découvriront que je dois me rendre à une consultation psychiatrique, ça risque de les affoler. Au pire, ils téléphoneront à ma juge, qui les calmera, elle était trop contente de me caser chez eux.

Aujourd'hui, beau temps. Les murs épais ont gardé la fraîcheur de la nuit. Accoudé à ma fenêtre, j'aperçois des nappes de brume qui flottent sur la prairie. Ce paysage est fantastique ! Je m'entends bien avec Zoé. Ça a collé dès notre première rencontre. Cette fille est hyper smart, et pas agacée par mes silences. Elle me dit simplement : « Si tu as quelque chose à ajouter, n'hésite pas. » Avec son frère, c'est différent. Il m'ignore totalement, il ne répond même pas quand je lui souhaite le bonjour. Quant à Louise, je crois qu'elle a pigé que je ne suis pas un gars embêtant, juste des remarques quand j'allume les lumières de ma chambre la nuit, à cause des cauchemars. Elle veut s'assurer que je ne vire pas cafardeux, j'imagine. Avec M. Grandjar, je n'ai pas beaucoup de contact, il est débordé de travail.

Ici, tout paraît étonnant : la forêt profonde, les habitudes de la maison, les odeurs, les animaux. Pourtant, je l'aime déjà, cette ferme. Elle est très isolée, et la route difficile à repérer. Personne ne peut approcher en voiture sans qu'on entende le moteur, à cause du raidillon. Louise a accepté de m'acheter une casquette de base-ball noire et des lunettes de soleil. Je garde les tifs très courts, elle s'en charge avec une tondeuse électrique. À Saulieu, quand je me promène, je ne crains plus qu'on me reconnaisse.

Zoé me prête son vieux baladeur. J'ignore comment j'ai pu me passer de musique pendant si longtemps ! J'ai reçu une montre, parce que le téléphone portable n'est pas prévu dans le budget cheap de la PJJ. Tiens, il est temps d'appeler l'hosto, mon psy est certainement de retour, et j'adore parler avec Bouboule. Je file dans le bureau du rez-de-chaussée pour joindre le service Gastro. Par chance, Lucienne n'est pas loin, elle prend la communication. Je l'interroge sur les résultats de sa grève. La direction a ouvert des négociations ! Je chante : « C'est la lutte finale, groupons-nous et demain... » Elle rigole et me bombarde de questions sur le Défens. Je l'invite à venir me voir, puis je lui demande des nouvelles de l'étage : Sophie n'a plus de bosse et le grand Abitzu raconte partout qu'il a sauvé une momie anémiée de la noyade. Il est fou ! Ensuite, elle transfère la communication dans le bureau de Philippe.

– Euh, salut.

– Bonjour, Jérôme. Ton appel tombe à pic, j'ai des dates à te proposer pour notre séance hebdomadaire. Je pourrai me rendre à la ferme demain pour en discuter avec toi et les Grandjar. Qu'en penses-tu ?

– Je leur demanderai si c'est O.K. pour eux.

– Comment se passe ton séjour là-bas ? Tu es bien installé ?

– Oui, ma chambre est très chouette, juste sous le toit. Parfois, je mets le chauffage électrique, la nuit, parce que ça caille.

À part leur fils Hugo, la famille est sympa avec moi. Zoé est vraiment géniale, elle m'apprend le nom des arbres, des animaux, et plein de choses sur la forêt. Des rapaces gigantesques passent chaque jour au-dessus de la ferme, il paraît que c'est toujours le même couple. Je les prenais pour des aigles, eh bien non, ce sont des buses.

– Il y en a beaucoup dans la région.

– Zoé m'a expliqué comment les identifier, la forme des ailes, de la queue...

Pas facile de dire des choses importantes au téléphone. L'hôpital me manque, même si je suis dingue de penser ça ! Enfin, les *gens* que j'ai connus là-bas me manquent. Impossible de trouver les mots, ça reste bloqué... J'essaie autre chose :

– J'ai hérité du VTT d'Hugo.

– Ce garçon n'est donc pas si désagréable.

– Lui, il s'en fiche, de mes problèmes, il n'y a que ses copains et copines qui comptent. Surtout, *une* copine. Sa sœur se marre, parce qu'il n'ose pas en parler à ses parents. On l'a vu avec sa petite amie, ils se roulaient des pelles au carrefour de la départementale. Zoé lui lance des vannes à table. Il n'y a que nous trois pour comprendre !

– C'est important que tu aies cette complicité avec eux.

– Zoé m'emmène chez Aurélie, on joue aux cartes, au badminton, on discute. Enfin, ce sont plutôt les filles qui discutent.

– Ce placement semble te convenir.

– Ouais.

Il a raison, j'ai trouvé une sorte de place chez les Grandjar. Louise apparaît à la porte, j'articule sans un son : « L'hôpital ». Elle hoche la tête et disparaît. Philippe m'annonce qu'Hepstein prendra bientôt contact avec ma famille d'accueil pour programmer un examen de contrôle du foie. Je profite du coup de fil pour demander un service à mon psy.

– Docteur, j'aimerais qu'on me rende ma sacoche de collège, elle était dans la voiture. J'ai des objets très personnels dedans, des souvenirs qui comptent beaucoup pour moi.

– Bon, d'accord, je me renseignerai.

– Merci.

Ce type se décarcasse toujours pour m'aider, j'ai été idiot de le rembarrer un jour. Je m'apprête à lui indiquer ma nouvelle adresse, mais il me dit qu'il la connaît déjà.

– Quoi ?

– Ta juge me l'a donnée.

– Qu'est-ce qu'elle trafique, elle la file à tout le monde ?

– Non, elle demeure très prudente, elle m'a transmis tes coordonnées par Internet.

– Encore mieux ! Comme si les hommes en noir n'étaient pas fichus de pirater le réseau informatique !

– Mme Nodier prend le maximum de précautions, ne t'inquiète pas.

– Vous appelez ça des précautions ?

Il ne capte pas que des tueurs cherchent à me pister, qu'ils sont capables de craquer les codes de protection et tous les pare-feu du tribunal ! Rien ne les arrête, surtout quand ils ont décidé de buter quelqu'un. Bye, doc ! J'ai intérêt à faire gaffe. La nuit, je laisserai la fenêtre de ma chambre entrouverte, pour guetter le bruit d'une voiture montant le raidillon. En cas de danger, je filerai dans la forêt. Faut que je demande à M. Grandjar s'il a un fusil. J'espère qu'il a du gros calibre.

21

La visite du psy

En attendant de dénicher la carabine de M. Grandjar, je me suis procuré une arme. Le buffet contient plusieurs grands coutelas effilés, j'en ai chipé un pour le planquer sous mon matelas. La nuit, je le pose sur ma table de chevet, pour l'avoir à portée de main au cas où un type surgirait dans ma chambre. Comme ça, je dors mieux.

Plusieurs chemins partent de la ferme pour se perdre dans les bois. Je m'y balade souvent. Des odeurs de terre humide montent du sol, je découvre une multitude de plantes, des arbres centenaires, des rochers moussus, des insectes étranges, des araignées monstrueuses, des crapauds immondes. J'adore ! La forêt de Conforgien s'étend sur une zone immense. En cas de danger, je pourrai m'y cacher. Je partirai avec le VTT d'Hugo. Je construirai un abri avec des branches et des fougères. Restent le problème de la bouffe et celui, plus inquiétant, des bêtes sauvages. Zoé m'assure qu'il n'y a pas de loup, mais on trouve des sangliers et des millions d'animaux aux crocs pointus.

Les Grandjar m'ont confié la tâche de m'occuper de deux veaux. Je les nourris le matin, très tôt. Trop, même. Louise doit me secouer pour me tirer du lit. C'est vraiment étrange, je donne le biberon à des bestiaux alors qu'il y a plein de vaches. On m'a expliqué pourquoi, mais j'ai oublié. Mon lobe frontal déconne encore, dirait Bouboule. Hier, j'ai rencontré l'éducateur qui sera mon « référent » à la PJJ. Un mec sympa. Il passera me voir chaque mois ou chaque année, je ne me rappelle plus. Il se charge de mon « suivi ». Une façon polie de parler de flicage ? Je poserai la question à Philippe, il nous rend visite aujourd'hui.

Je descends au rez-de-chaussée. Le soleil illumine la salle de séjour. Par moments, j'ai l'impression d'être en vacances ici, je m'attends à ce que mes parents débarquent en voiture avec de grands gestes de la main. L'instant d'après, je me rappelle que je suis « placé ». Ça me fiche un sacré bourdon.

Philippe arrivera dans cinq minutes. Je trouve chouette qu'il se déplace jusqu'ici alors qu'un simple coup de fil aux Grandjar aurait suffi. Louise bosse dans le bureau sur la comptabilité de l'exploitation. Je passe la tête par la porte.

– Euh, Louise, le docteur Bertin ne doit plus être loin.

– Tu sembles impatient !

– Ben... oui.

– Préviens-moi dès qu'il sera là.

Sans perdre de temps, elle remplit une nouvelle colonne de son tableur. Apparemment, un rendez-vous avec un psychiatre ne l'inquiète pas. Ah, j'entends une voiture. Je me précipite dehors. Une Porsche surgit de la rampe. Waouh, la bagnole ! Avec mes grosses bottes et les fringues cheap de la PJJ, j'ai l'air de quoi ? Le cabriolet se gare près de l'étable. Philippe s'en extirpe, il porte une chemise rose à manches courtes et un pantalon de toile beige. Rien à voir avec sa tenue à l'hosto, et aucun rapport avec sa petite Twingo cabossée.

Le doc s'approche de la maison. Mon corps se balance d'un pied sur l'autre. Bon sang, arrête de bouger ! Louise surgit pour saluer mon psy. À moi maintenant :

– Euh, salut.

– Bonjour, Jérôme. Voilà ton domaine !

– Ouais, j'habite ici.

Réponse nulle, archi nulle ! J'ai pourtant un tas de sujets à aborder, de nouvelles à donner, de questions à poser, et je reste figé, transpirant à grosses gouttes en plein soleil. Louise intervient :

– Avez-vous trouvé facilement le Défens ?

– Mon GPS ignore l'embranchement de votre chemin. Heureusement, vous m'avez indiqué le kilométrage depuis le carrefour.

– Oui, c'est difficile à repérer. Bon, je vous laisse. Je vous rejoindrai tout à l'heure. Jérôme, montre donc ta chambre au docteur.

J'entraîne Philippe dans la maison. J'abandonne mes bottes à l'entrée et nous montons à l'étage. Je suis fier de l'inviter dans mon espace privé. Sur les murs, j'ai scotché plusieurs photos de nébuleuses et de constellations que j'ai découpées dans des magazines. Une décoration bricolée, mais qui en jette. Je lui montre un article qui m'a passionné, sur l'exobiologie et les exoplanètes. Il hoche la tête sans faire de commentaire. Bon... passons à autre chose. Du doigt, je désigne les deux BD qu'il m'a données, rangées sur une étagère. Il sourit.

– Je vois que tu ne les as pas perdues en route.

– Ouais... Je peux vous les rendre si vous voulez.

– Non merci, je n'en ai pas besoin. Tu as trouvé des copains, ici ?

– Je vous ai parlé de Zoé et Aurélie ?

– En effet. Tu t'es rapidement intégré à leur petit groupe.

– Ben, elles ont tout fait pour ça.

– Tu ne crois pas que ce serait intéressant pour toi d'avoir aussi tes propres amis, des garçons de ton âge ? Pour vous distraire ensemble, pour jouer, pour discuter.

D'accord, mais je ne me sens pas prêt à ça. Trop douloureux, trop... compliqué.

– J'ai un copain, il s'appelle Sébastien. Enfin, j'ai *eu* un copain... parce qu'il est décédé.

Je lui en parle pour la première fois, j'en ai la gorge nouée.

– La disparition de cet ami est récente ?

– Je préfère ne pas revenir là-dessus, c'est du passé.

– La perte de personnes proches est toujours éprouvante. Nous essaierons de t'aider à supporter ces deuils.

La conversation est mal barrée, une fois de plus par ma faute, et je ne suis pas fichu de corriger le cap. Je voudrais dire qu'avec lui et mes soignants sympas j'ai des liens qui comptent vachement... Les mots ne viennent pas. Ce type décortique chacune de mes paroles, ça me fait perdre mes moyens. J'entends un cri perçant au-dessus de nous.

– Les buses, elles arrivent !

Je bondis à la fenêtre et, en me penchant, je lui montre le couple de rapaces qui trace de grands cercles dans le ciel. Les oiseaux disparaissent bientôt au-dessus du bois de Conforgien. Je propose au psy de lui montrer mes veaux. Il est épaté de savoir que je m'en occupe. Avec l'aide des Grandjar, bien sûr. J'enfile de nouveau mes bottes d'agriculteur. Nous sommes à peine entrés dans l'étable que mes bestiaux beuglent comme des fous. Ils me reconnaissent, ou alors ils ont faim. Je commence à expliquer à Philippe la technique de la tétée, mais j'abrège, les animaux ne l'intéressent pas, il s'en fout complètement. Nous rentrons à la maison. Louise nous accueille pour nous offrir des verres de jus de pomme, nous nous installons autour de la grande table en bois. Mon psy lui parle d'une mesure particulière me concernant. Louise semble déjà au courant.

– Oui, docteur, j'ai appris que ce serait un peu différent dans le cas de Jérôme.

– J'assurerai moi-même son suivi psychologique, en lien avec le service de la PJJ de Dijon. Cette coopération évite de multiplier les intervenants auprès de Jérôme. Nous continuerons la thérapie de manière hebdomadaire à l'hôpital, et son référent s'occupera du suivi social comme il en a l'habitude.

Ils discutent encore de trucs barbants, puis ils ouvrent leurs agendas respectifs. Il s'agit de dénicher un créneau libre pour le doc, qui corresponde à un jour où quelqu'un de la ferme pourra me conduire à Saulieu. Ils parviennent à se mettre d'accord. Philippe me donne une fiche cartonnée après y avoir inscrit la date et l'heure de ma séance. J'examine sa grande carte de visite professionnelle, avec son nom et ses titres de médecin, psychiatre, psychothérapeute. Je lis et relis ces lignes, que je trouve glaçantes. Un malade parmi d'autres, voilà ce que je suis pour lui. Je laisse tomber le bout de papier sur la table, et je me lève pour m'adosser au buffet.

– Vous avez des nouvelles de ma sacoche ?

– J'ai transmis ta requête à Mme Nodier. Tu aurais pu t'adresser à elle directement.

Ma juge s'occupe aussi des colis égarés ? Il poursuit :

– Tu ne t'ennuies pas ici ?

– Non, il y a les animaux, la forêt, le VTT, la piscine de Saulieu. Et j'écoute de la musique, elle me manquait finalement.

– Quels morceaux en particulier ?

– Plein de choses, Zoé m'a prêté son baladeur.

– De la musique de jeunes, alors.

– Ouais, mais elle n'a pas un autre genre que j'aime bien.

– Quoi donc ?

Je n'ose pas le dire… Peut-être que si. Je réponds :

– Du baroque.

– Ce n'est pas courant pour un garçon de ton âge. Tu as une raison particulière ?

– C'est à cause de mon ami.

– Celui qui est décédé ?

– Oui, il adorait ça… Vous pourriez me donner un CD de Bach ?

Louise m'interrompt :

– Tu n'as pas à demander de cadeau au docteur Bertin. En économisant l'argent de poche que tu reçois chaque semaine, tu pourras acheter tous les disques que tu veux.

Philippe a laissé Louise répondre à sa place. Je ramasse les verres vides pour les déposer dans l'évier de la cuisine. Pour qu'il ne voie pas mes yeux. Pour que je ne voie pas les siens. Mon psy se lève, il annonce qu'il doit partir. Il me quitte après quelques mots d'encouragement. Je reste planté à la porte pendant qu'il lance sa bagnole de bourge friqué dans le raidillon.

Les buses traversent de nouveau le ciel. Je pensais que nos retrouvailles seraient super, avec... je ne sais pas, des moments très forts. Bon, il est venu ici pour régler les problèmes de paperasse avec les Grandjar. D'accord, je suis son patient, pas son ami. Difficile d'intégrer ça dans ma tête cabossée. En plus, je fonctionne bizarrement : je n'arrive pas à lui confier mes émotions, alors que j'aborde sans cesse des sujets que je devrais éviter. J'en ai trop dit sur Sébastien, Philippe va me questionner pendant des heures là-dessus. Embrouilles et migraines en perspective.

Louise recommence à bosser sur son ordinateur, j'entends le clavier cliqueter. Je récupère la carte de Philippe sur la grande table et je la fourre dans une poche. M. Grandjar pénètre dans la pièce. Il a l'air fatigué. En ce moment, il coupe du foin pour les vaches avec une faucheuse-conditionneuse. Je voulais lui donner un coup de main, mais il a préféré demander à son fils. Normal, son rejeton connaît le fonctionnement de la machine. Tiens, le voilà qui rejoint son père. Ils se servent un verre de vin rouge. Je leur propose des tartines de confiture. Hugo me rit au nez. M. Grandjar me répond, lui :

– Non merci, je n'ai plus l'habitude. Par contre, j'aime bien grignoter quelques rondelles de saucisson. Il se trouve dans le buffet. Oui, là, porte de droite, dans un linge. Apporte-le-moi, veux-tu ? Avec la miche de pain.

– Et un couteau ?

– Non, j'ai le mien.

Il déplie la lame de son grand canif et l'essuie sur la jambe de son pantalon.

– M'sieur Henri, pourquoi il ne vous quitte jamais, votre couteau ?

– Un agriculteur en a toujours besoin. Pour son travail, pour le bétail, pour les plantes. Je le garde sur moi, il peut me sauver la vie.

– À cause des bêtes sauvages ?

– Non, pas ici ! Il arrive parfois des accidents, et si tu as un couteau, tu t'en sortiras. Par exemple, en coupant des liens qui t'entravent, qui te blessent. Ou alors, pour aider un animal en difficulté.

Il parle lentement. Il mange lentement. Pas de précipitation. Quand je lui pose une question, il reste un moment silencieux avant de répondre, comme si ses pensées avaient de grands paysages à traverser. Ses mains sont robustes, larges, fortes, avec des doigts épais. Il engloutit plusieurs tranches, puis il replie son couteau et se lève. Je m'élance pour ranger le saucisson et la boule de pain. J'ai envie de lui faire plaisir, je ne sais pas pourquoi. J'en suis même gêné, j'ai l'impression de jouer les fayots. Surtout devant Hugo, qui sort sans me jeter un regard. Je réajuste la ceinture de mon pantalon pour me donner une contenance. M. Grandjar s'approche de moi et me tapote la nuque.

– Tu es un brave garçon.

Je ne m'attendais pas à ce qu'il me dise ça ! Je suis ému, vraiment ému… Est-ce que je dois le remercier ? Lui souhaiter bon courage ? Pour la récolte du foin ? Trop tard, il est parti. Je n'ai rien répondu. Tant pis.

Je ne lui ai pas parlé du fusil. La prochaine fois, je lui demanderai.

22

Une ombre

Chaque soir, je rejoins Zoé dans le cabinet de toilette. On se lave les dents ensemble, et on crache à tour de rôle dans le lavabo. Ça nous fait toujours rire ! On tombe d'accord pour dire qu'on aimerait se coucher plus tard. Louise râle, parce qu'on n'en finit pas avec nos ablutions bucco-dentaires, « Non mais vous avez vu l'heure, les jeunes ! » Évidemment, on accélère à peine le mouvement. Zoé m'a prêté sa lotion contre les boutons d'acné. On partage plein de trucs maintenant.

On se souhaite bonne nuit, et je file dans ma chambre. Toujours pas de nouvelle au sujet de ma sacoche. Dommage, j'aimerais bien la récupérer, elle contient des souvenirs qui comptent beaucoup. Par exemple, la carte d'anniversaire pour les dix-huit ans de Sébastien. J'en avais acheté une, très belle, avec un cheval galopant sur une plage. Comme je manquais d'espace pour écrire, j'avais collé une feuille de papier sur un bord. Je m'étais bien appliqué, je me réjouissais à l'avance de sa surprise... mais la fête n'a jamais eu lieu.

Je vérifie que le grand couteau est à sa place, sur la table de chevet. La lame jette un éclat métallique. Reste à savoir si je serais capable de m'en servir en cas de danger. Pas sûr, j'ai horreur des combats barbares, du sang qui gicle. Est-ce que j'aurais le courage de le planter dans le bide d'un mec ? Rien que d'y penser, beurk ! Je m'accoude à la fenêtre ouverte. Nous sommes plus haut qu'à Saulieu, le froid tombe sur la ferme dès que le soleil se couche. Le paysage paraît étrange dans cette lueur bleutée. La masse sombre de la forêt se détache sur la pâleur de la prairie qui vient d'être fauchée. On distingue le sentier qui serpente en bordure, et un loup qui trotte dessus. Quoi ? Un loup ? À cent mètres à peine, je le vois qui se balade à la limite du pré ! Il s'arrête ! Il lève le museau pour humer les odeurs. Je n'ose pas bouger. Il tourne la tête vers moi ! Je me pince. Non, je ne rêve pas, ce n'est pas un cauchemar. Vite, je rabats les volets, je ferme la fenêtre, je bondis pour tourner la clef dans la serrure. Bon sang, le battant de la porte ne semble pas plus épais qu'une feuille de carton ! Je saisis mon coutelas, que je brandis comme un sabre. Je me réfugie sur mon lit.

Que me veut cet animal ? Il a été dressé par les hommes en noir ? Il va les conduire jusqu'ici ! Pas de panique, ces salauds n'auront pas l'inconscience de chercher à entrer, ils penseront qu'Henri a un fusil, ou un gros flingue. Dans une ferme isolée, les gens ont *toujours* une arme. J'avale difficilement ma salive. Demander de l'aide ? Appeler quelqu'un ? Non, ma voix les guiderait vers moi. Je guette un bruit qui trahirait leur approche. J'entends les craquements de la charpente et de l'escalier en bois. On croirait que cette maison est vivante, la nuit. La sueur dégouline sur mon visage. Je l'essuie avec la manche de mon pyjama.

Je dois rester éveillé, sinon je ne verrai pas la porte s'entrebâiller...

Difficile de garder les yeux ouverts, cette nuit n'en finit pas...

Toujours pas de signe de la présence de l'animal. Ni des hommes en noir.

Ne pas roupiller, lutter contre le sommeil...

Mes paupières se ferment. Il ne faut pas !

Mes doigts glissent sur le manche du couteau qui m'échappe, que je rattrape !

P'tain, j' suis de plus en plus fatigué...

Les minutes sont trop longues à passer...

Je fixe le cadran de ma montre...

Ne pas dormir...

Surtout ne pas...

23

Surprise au Défens

« Tu as vu un chien errant ! » Zoé me l'affirme pendant que nous prenons le petit déjeuner. D'après elle, il y en a qui rôdent autour de la ferme, la nuit. Ils vivent dans la forêt. Tiens donc ! Qui prétendait qu'il n'y avait pas de loup ? Et pourquoi cet animal se pointe sous *ma* fenêtre ? Pourquoi se balade-t-il devant *ma* chambre ? Le hasard, répond Louise. Je n'aime pas le hasard. Dans mon cas, il provoque des désastres.

On débarrasse la table. Zoé me pousse de l'épaule pour me dérider. Je lui lance un regard noir. Henri passe récupérer les papiers de la voiture, il se rend à Saulieu pour l'achat d'une débroussailleuse. Sur le pas de la porte, il s'arrête, puis il se tourne vers moi.

– On ne comprend pas toujours ce qui survient dans la vie. Pas sur le moment. Un peu plus tard, les choses s'expliquent. Ce soir, tu me montreras où était cette bête. Et rassure-toi, la maison est solide.

Il sort et monte dans le monospace. La voiture s'élance dans la rampe. Je reste seul dans la cuisine, mon bol à la main. Il a raison, la baraque est du genre costaud. Mince, je suis en retard pour mon service du matin ! J'enfile ma tenue de nounou des veaux et je file à l'étable. À peine me voilà entré que les bestiaux meuglent avec enthousiasme. En avant pour la tétée ! Ils boivent avec un tel entrain qu'ils m'aspergent de lait. Heureusement, j'ai une blouse. Une fois que le dernier a eu son compte, je lave mon attirail. Pas fâché de terminer ma corvée ! Au moment où je sors du bâtiment, un véhicule de gendarmerie surgit et fonce dans ma direction. Il pile à côté de moi. Je reste figé, avec mes bottes trop grandes, mon vêtement trempé et mes biberons.

– Jérôme, nous t'apportons ta sacoche !

– Ah, merci.

– Tiens, prends-la. Au fait, nos collègues de l'identification criminelle ont analysé les débris sur le lieu de l'accident, certains proviennent d'une Mercedes noire. Ça te dit quelque chose ?

– Ben, ça s'est passé très vite, j'ai pas noté la marque de la bagnole.

– Tant pis. Si des souvenirs te reviennent, n'hésite pas à nous appeler. Salut.

Je serre mon sac dans mes bras. Enfin, j'ai récupéré des affaires du temps d'avant ! J'ôte mon harnachement, je cours dans ma chambre, je m'installe à mon bureau. Voilà mon agenda, le calepin, ma trousse, le stylo à plume. Je sors les bricoles de ma vie passée, c'est touchant et triste à la fois. J'attrape l'enveloppe avec la fameuse carte d'anniversaire. Je ne la lirai pas, pas maintenant. J'en connais le contenu par cœur. Cette fois, j'avais voulu être franc avec Sébastien. C'est ça le malheur.

Je replace mon bazar dans ma sacoche. Mince, les gendarmes savent où je crèche ! Faut que j'en parle à ma juge, elle ne tient pas parole, elle file mon adresse à tout le monde ! Où ai-je fichu la carte de visite de Mme Nodier ? Je cherche dans le fouillis de mon bureau. « Range tes affaires ! » me répète Louise. Elle n'a pas complètement tort. Pas moyen de mettre la main sur les coordonnées du TGI. Je descends au rez-de-chaussée pêcher son numéro auprès des Grandjar. Pas de chance, personne. Le téléphone sonne, je décroche. Allô ? Incroyable : la juge ! Comment a-t-elle deviné ? Non, elle m'appelle au sujet d'une convocation, je l'écoute à peine. Je l'interromps :

– M'dame, je viens d'avoir la visite des gendarmes, ils débarquent ici comme si j'avais mon nom dans l'annuaire ! Vous m'aviez juré de garder mon adresse secrète !

– Le docteur Bertin m'a transmis ta demande. J'ai contacté le juge d'instruction. Par chance, ta sacoche n'avait pas été mise sous scellés, le capitaine Larrieu a proposé de te l'apporter à la ferme. Il a des consignes de sécurité, ne t'inquiète pas.

– Pour vous, c'est facile à dire ! On a failli me tuer, figurez-vous.

– Justement, tu pourras en parler aux enquêteurs de Dijon. Avant la fin de la semaine, tu recevras une convocation de leur part. Ce sera le moment de leur donner des détails sur ton séjour à Rémilly-le-Haut. Ils auront des éléments nouveaux à te présenter. Les recherches ont progressé là-bas.

Des flics de Dijon s'intéressent à moi maintenant ? Je m'agrippe au combiné, qui tremble entre mes mains. Ils ont repéré les hommes en noir ? Ils rôdent dans le coin ? Elle refuse de répondre. On me renseignera « en temps et en heure ». Elle m'interroge ensuite sur ma santé. Eh bien, mon palpitant palpite, mes guiboles flageolent... Je murmure : « Ça va. » Est-ce qu'elle se rend compte de l'effet de ses paroles ? Apparemment non. Elle me sert ses encouragements habituels. Bla-bla-bla, salutations. Fin de la communication. Pourquoi ma juge n'a pas voulu me livrer d'infos au sujet de ce qu'ils ont découvert ? C'est trop flippant ?

Du bruit dans la cour, Henri rentre de Saulieu. Il me trouve planté à côté du téléphone.

– Il paraît que des gendarmes sont passés à la ferme.

– Euh... ouais.

– Rien de grave ?

– Non, ils m'apportaient ma sacoche.

– Et tu en as oublié ton seau avec les biberons.

– Ah, désolé.

– Tu es sans doute content de récupérer tes affaires.

– Ben... ouais.

– Tant mieux. J'ai quelque chose pour toi, moi aussi.

– Hein ?

– Tu sembles bien soucieux. Si cette histoire de chien errant te préoccupe, je t'assure qu'il ne faut pas t'en inquiéter.

– Nan, j'y pensais plus. C'est à cause de ma juge, elle vient de m'appeler. On a du mal à se comprendre. Je trouve ça chiant.

– Patience, vous apprendrez à vous connaître. Écoute, j'ai profité de ma course à Saulieu pour passer chez l'armurier, et je t'ai rapporté une bricole. Tiens.

Il me donne un petit paquet. Il m'offre un *cadeau* ? Je le tourne et retourne entre mes doigts. Il ne s'agit pas d'un flingue, évidemment. Et comme je ne sais pas ce que vend un armurier à part des armes, je défais le papier d'emballage en m'interrogeant sur ce qu'il cache. Un briquet ? Un stylo ? Non : un canif. Très beau ! Un couteau pour me défendre, un couteau pour me sauver la vie ! Je voudrais remercier Henri... mais je n'arrive pas à... je n'ose pas le regarder parce que...

– Tu remarqueras qu'il a deux lames.

– ...

– Hum... Bon... Suis-moi, je vais te montrer comment on choisit un branchage pour diriger les vaches, et comment on le taille.

Nous marchons vers les prairies. Henri m'explique les gestes pour conduire un troupeau de bovins. Certaines bêtes sont têtues, butées, pourtant il ne faut pas s'énerver, sinon elles perdent complètement la boule et ça devient du grand n'importe quoi. Elles se précipitent dans le décor et provoquent des catastrophes. Nous atteignons un bosquet. Henri saisit un rameau.

– Tiens, Jason, coupe celui-là.

J'écarquille les yeux.

– Euh, moi, c'est Jérôme.

– Ah oui, excuse-moi.

– C'est pas grave.

– Je confonds avec le prénom d'un jeune qui a passé trois ans avec nous. Mon esprit s'égare parfois, désolé, mon gars.

– C'est pas grave.

– Tu vois, les adolescents demeurent plusieurs années chez nous, puis ils partent. Il nous reste les souvenirs, et les prénoms. Ma langue s'est mélangée.

– C'est pas grave, je vous dis.

– Jérôme, tu entailles ici avec ton couteau.

La lame du canif tranche hyper bien, je commence à effeuiller la tige. Bon, M. Grandjar s'est trompé, mais c'est normal, je viens juste d'arriver, on n'a jamais vraiment parlé ensemble, il n'a pas eu le temps d'enregistrer comment je m'appelle.

Voilà, j'ai fabriqué une belle baguette. Henri estime qu'elle est trop longue, je la raccourcis. J'en profite pour poser ma question au sujet du fusil. Il n'en possède pas, parce qu'il craint les accidents. « Avec des ados à la maison, ce ne serait pas raisonnable. » Aucun souci, j'ai une arme maintenant ! Nous nous dirigeons vers une grande prairie pour examiner un groupe de bœufs énormes qui ruminent paresseusement. M. Grandjar leur tâte les côtes et les lombaires. Il paraît satisfait. Pour eux, par contre, c'est moche, ils partiront bientôt à l'abattoir.

Nous continuons notre marche. Au loin, sur une crête, un arbre dénudé pointe ses branches noircies vers le ciel. M. Grandjar désigne la silhouette désolée : « Il a été frappé par la foudre. » On dirait un cadavre debout.

– M'sieur Henri, il est complètement mort ? Définitivement cramé ?

– Nous saurons ça dans quelque temps. Parfois, la vie reprend.

Nous descendons le chemin qui conduit à la ferme. Une angoisse me saisit, comme un danger imminent. Je jette un coup d'œil derrière moi, je scrute la végétation dense. Quelqu'un me guetterait depuis la forêt ? Non, aucune présence humaine visible. Je rattrape Henri en serrant mon canif dans mon poing.

24

Des traces

Dans la cuisine, une bonne odeur de grillade aux herbes nous accueille. En passant à côté de Louise, je lui montre mon couteau. Elle le trouve très pratique, elle me recommande d'être prudent en l'utilisant. Je surprends le regard noir d'Hugo. Il est jaloux ? Sa sœur, au contraire, m'adresse un clin d'œil en levant le pouce d'un air enthousiaste. Je glisse mon cadeau dans ma poche.

Pendant qu'Henri parle des bœufs de la grande prairie, je me régale en mordant dans mon steak. Zoé m'assure que je suis parfaitement répugnant. Ouais, je sais, un vrai porc ! Avec ce super repas, je suis calé pour un moment. Profitant de ce que chacun s'active à débarrasser la table, je file en vitesse dans ma chambre pour récupérer l'« arme » que j'avais chipée. En redescendant, je m'approche discrètement du buffet et j'ouvre le tiroir. Au moment où je dépose le coutelas, Louise me rejoint. Elle me dit qu'elle avait bien remarqué qu'il lui en manquait un. Elle ajoute qu'il est mieux à sa place, puis elle part le nettoyer dans l'évier. Pas d'autre commentaire.

Zoé parlemente avec son frère au sujet du programme télé de ce soir, ils ne sont pas d'accord sur l'émission à voir. Moi, je m'en fous, je les laisse discutailler et je sors m'installer sur le banc de la cour avec une des BD de Philippe. Clipo vient s'allonger à mes pieds. Au bout d'une heure, j'ai lu une demi-page ! Impossible de concentrer mon esprit sur les inventions loufoques de Gaston Lagaffe, je n'arrête pas de penser aux enquêteurs de Dijon qui refusent de révéler ce qu'ils ont découvert.

Hugo a filé rapidement après sa prise de bec avec sa frangine. Parti à scooter, je ne sais où. Je rencontre rarement le fils de la maison, et il ne s'intéresse pas à moi. L'autre jour, je lui ai parlé rugby, il a écarquillé les yeux, genre : D'où il sort, ce mec ? Plus tard, j'ai découvert qu'il est abonné à une revue de foot et qu'il collectionne les mangas (érotiques, d'après sa sœur). Des sujets où je ne me sens pas super à l'aise.

Bon, je me replonge dans la lecture de la BD de Gaston Lagaffe. Enfin, *j'essaie* de lire, parce que je ne suis pas certain de savoir déchiffrer les lettres. Zoé s'approche. Je rebranche mon lobe frontal pour lui demander :

– T'as lâché les autres ?

– J'ai fini de ranger la vaisselle, monsieur le tire-au-flanc.

– Eh, c'est moi qui ai tout mis dans le lave-vaisselle ! Même que ta mère m'a remercié !

– Trop généreuse, la mère. Bon, tu me laisses une place sur ton banc ?

– Pose ton cul où tu veux, c'est pas à moi, ce truc.

– Merci, galant homme. Dis-moi, tu as déjà été amoureux ?

– Hein ? Ouais, bien sûr.

– Pourquoi « bien sûr » ?

– Bah, comme tout le monde.

– Ben non. Moi, ça ne m'est *jamais* arrivé.

– Ah, désolé.

– T'imagines ça ? Jamais ! De temps en temps, j'ai flashé sur un garçon, mais pas de passion intense, pas de *soul mate*, pas de grand frisson. Je dois avoir quelque chose qui cloche.

– Certainement pas, t'es la fille la plus super que je connaisse !

– Ouais, je sais, je suis « sympa ».

Elle a un petit rire de gorge qui sonne faux.

– Jérôme, es-tu encore amoureux ?

– Euh… non, je ne crois pas que je peux dire ça.

– Drôle de réponse. Tes affaires de cœur semblent compliquées.

– C'est *toujours* compliqué avec moi.

– Tu m'étonnes ! Bon, j'ai un coup de fil à passer, continue à buller tranquille, mec.

Zoé bondit sur ses longues jambes et s'élance vers la maison. Qu'est-ce qu'elle cherchait vraiment à savoir ? Elle voulait connaître de qui j'étais amoureux ? Henri m'appelle. Il me demande de le mener à l'endroit où se tenait le loup. Il n'a pas oublié sa promesse ! Nous partons vers la forêt. Reste à lui indiquer l'emplacement du monstre poilu que j'ai aperçu une fraction de seconde par une fenêtre située à des kilomètres. Ce sera très approximatif, monsieur Grandjar. Ça ne le trouble pas. Sur le chemin herbeux, il scrute le sol en avançant avec précaution. Soudain, il s'accroupit et palpe de ses doigts une parcelle de terre nue. Il a repéré des traces, celles, récentes, d'un chien de grande taille.

– Pas de souci, Jérôme, ce genre d'animal se tient à distance des fermes. Il craint les humains.

Nous rentrons. Un voisin a livré deux stères de bois, je l'aide à empiler les rondins dans le bûcher.

Pendant le dîner, Henri déclare qu'un chien-loup est passé à la lisière de la forêt la nuit dernière, « Jérôme a raison. » Bien sûr que j'ai raison, mais on ne me croit jamais ! Les Grandjar ne s'affolent pas. Pour eux, la présence d'une bête sauvage est banale. Ils m'interrogent ensuite sur le coup de fil de la juge ce matin. Je leur parle de la convocation des gendarmes de Dijon pour une audition. Les Grandjar hochent la tête, ça ne les étonne pas. On dirait que rien ne surprend cette famille ! Au contraire, ils sont satisfaits que l'enquête progresse. Mais pourquoi des flics de *Dijon* ? Et qu'ont-ils trouvé de si troublant qu'ils n'osent pas le révéler au téléphone ? Sans compter le manque de prudence de Claire Nodier, qui diffuse mon adresse à un tas de personnes ! Faudra pas s'étonner si, demain, les hommes en noir déboulent ici ! Avec leurs flingues, ce sera le carnage assuré. Voilà que je mets en danger la famille Grandjar ! Je dois en parler à Zoé. Après le repas, je la rejoins dans le salon.

– Zoé, j'ai découvert un truc hyper emmerdant aujourd'hui : de plus en plus de gens savent que je crèche au Défens. Les gendarmes sont même venus ici !

– Et alors ?

– Il y aura des fuites, et ce sera facile pour eux de me retrouver.

– Qui ça, « eux » ?

– Ceux de l'accident !

– Hein ?

Je lui raconte les hommes en noir dans la bagnole, au moment du crash. J'évite de parler des coups de feu.

– Mais qui sont ces types ?

– J'en sais rien !

– Qu'est-ce qu'ils te veulent ?

– Je suis un témoin gênant pour eux. J'ai vu des choses.

– Ah bon ?

– Tu ne me crois pas ?

– Si, bien sûr que si. Te vexe pas.

– Ma juge ne prend pas assez de précautions. Elle n'a toujours pas percuté que ces mecs me pistent, et ce sont des tueurs, Zoé ! Du coup, je dois partir, sinon vous êtes en danger.

– T'es fou, toi ! Des gendarmes connaissent ton adresse, d'accord, mais leur boulot, c'est justement de protéger les gens.

– Parce que tu crois qu'ils s'en préoccupent ? Le capitaine Larrieu s'en bat l'œil !

Et quand ces types apparaissent, c'est pour tuer. Je suis terrifié à l'idée que ce pourrait être au tour de la famille Grandjar. Zoé me prend par les épaules.

– Tu ne pousses pas un peu, là ? Regarde-moi dans les yeux... Mouais, mon pauvre Jérôme, t'es vraiment dans la merde, hein ?

– Je ne sais pas comment m'en sortir. Parce que s'ils débarquent...

– Tu te cacheras dans la forêt, pas de problème ! Comme notre maison est très isolée, on les entendra approcher. Alors, vite, je donnerai l'alerte et tu fileras en douce par-derrière.

Ouais, Zoé a raison. Avec elle, je pourrai m'en tirer. Comme ça, les tueurs ne pourront pas me repérer, et ils disparaîtront discrètement sans massacrer la famille Grandjar pour ne pas attirer l'attention des gendarmes.

Je monte à l'étage. Louise passe dans ma chambre me dire bonsoir. Elle s'inquiète pour moi. Assise sur le bord de mon lit, elle me parle doucement des hauts et des bas de l'existence, des découvertes formidables qui m'attendent. Elle m'assure que je ne risque rien ici, que mon séjour à la ferme m'aidera à trouver la tranquillité. Ben, j'espère surtout qu'on y perdra ma trace.

25

Des éléments nouveaux

Ce matin, Henri m'a donné ma première leçon de conduite du tracteur, sur les chemins de la ferme. Je crois que je me suis pas mal débrouillé, même si j'ai failli défoncer une clôture. Zoé rigolait à s'en tenir les côtes. Tout ça parce que mon pied a ripé sur la pédale de frein. Elle exagère, franchement.

Après le déjeuner, je suis monté dans ma chambre pour décompresser. Les pilotes d'engin doivent décompresser, pour la sécurité des populations. Ma sacoche de collège repose sur mon bureau. J'en sors le contenu. Étalés devant moi, ce ne sont plus des objets, mais des morceaux de ma vie d'avant chargés de souvenirs, pas toujours bons. Comme la carte d'anniversaire. D'ailleurs, il vaut mieux que je la détruise. Ou bien que je la montre à Philippe. Non, il ne comprendrait pas. La meilleure solution consisterait à la brûler dans une clairière, loin de la ferme pour éviter des témoins. Je n'en parlerai pas à mon psy. Rien qu'une carte banale, avec une feuille collée sur un bord. Et des mots écrits dessus. Des mots dangereux.

Louise paraît à la porte. Vite, je cache l'enveloppe.

– Tu te rappelles ton rendez-vous à l'hôpital aujourd'hui ?

O.K., j'enfile mon blouson. Je la rejoins dans la cour et je monte dans le monospace en m'asseyant à côté d'elle. « La place du mort », disait ma mère. Une fois, à la télé, j'ai vu un crash-test. Le passager-mannequin était passé à travers le pare-brise de l'auto pour se fracasser contre l'obstacle en béton. Il n'avait pas de ceinture de sécurité. Belle démonstration. Pourtant, *même* avec la ceinture de sécurité bouclée, on n'a aucune chance d'en réchapper quand on chute d'un pont. Sauf si on est à l'arrière. Et encore ! Ma mère criait à mon père : « Freine, freine ! » Papa n'a pas dû trouver la pédale de frein. Ou son pied a ripé. Ou alors, on nous poussait.

Je porte ma casquette et mes lunettes de soleil. Pour les soins ambulatoires, on a le droit de pénétrer dans la cour de l'hôpital avec la voiture. Louise me dépose devant le perron. Je monte au premier. Après ma séance, j'irai saluer ma petite bande de soignants sympas. Je m'assois sur le banc. Je m'en moque, de stationner sous le panneau « Consultation Psychiatrie », je suis ici incognito.

Tiens, voilà Philippe, accompagné d'une femme en blouse blanche. Elle vient pour moi ? Je me lève en ôtant mes lunettes et ma casquette. Ils s'arrêtent près de la porte. J'entends leur conversation :

– Philippe, je suis persuadée que ce centre spécialisé lui conviendra très bien.

– Sur la brochure, j'ai lu qu'il pourra pratiquer l'équitation. C'est un bon point, il aime beaucoup les animaux.

– Oui, ils organisent de nombreuses activités. Les jeunes semblent s'y plaire. Je te laisse les papiers, il faut les signer rapidement, les places libres sont rares.

– J'étudie ça ce soir, sans faute, et je t'appelle.

La meuf a la peau très sombre, et un stéthoscope glissé dans une poche. Une docteure de l'hôpital, sûrement. Elle s'éloigne d'un pas vif. Mon psy s'approche de moi.

– Bonjour, Jérôme. Comment vas-tu depuis notre rencontre au Défens ?

– Euh, ça roule.

– Entre.

Je pénètre dans son bureau. La photo, avec la fermette et l'ouverture obscure, est à nouveau accrochée au mur. Avant de m'installer dans le fauteuil, je remets mes verres teintés.

– Docteur, c'est quoi, ce « centre spécialisé » ?

– Un lieu d'accueil pour jeunes handicapés.

– Ça me concerne ?

– Pas du tout.

– Ah bon... C'est pour votre fils ? Vous avez un fils handicapé ?

– Désolé que tu aies entendu notre conversation. Cela ne se reproduira pas.

– Vous n'avez pas répondu à ma question.

– Je n'ai pas à te répondre, ce sont des choses personnelles.

– Ben, je vous en raconte plein, moi, des « choses personnelles ».

– Parce que tu es mon patient.

– Et vous êtes mon médecin.

– Voilà.

– Donc, vous ne répondrez pas.

– Tu as tout compris.

Conclusion, son fils est un « jeune handicapé ». Et la docteure est son ex-femme. Elle bosse dans le même hôpital que lui ! Et elle est black, ses enfants sont métis !

– Alors, Jérôme, comment te sens-tu ?

Je découvre un tas de choses ahurissantes sur sa famille et il voudrait qu'on discute comme si de rien n'était ! Une foultitude de questions me parasite le cerveau, que je n'ai pas le droit de poser, que je tente d'étouffer, d'enfouir. C'est hyper chiant ! Il continue, décontracté :

– Les événements que tu as subis ne te tourmentent pas trop ?

– Bah, les mauvais souvenirs, j'en ai à la pelle !

– Et toujours des cauchemars ?

– Ouais.

– Je peux te prescrire un médicament pour apaiser ton sommeil.

– Nan, pas de médoc, ça m'a détraqué l'estomac quand j'étais à l'hôpital.

– Entendu. Donc, tu as des rêves. Avec le loup noir ?

– Pas seulement.

– Quoi d'autre ?

– Une fois, je descendais en ascenseur et, en sortant de la cabine, j'ai débarqué dans une pièce sans fenêtre. Un endroit avec des murs en ciment brut partout. Pas de meuble, personne, pas un bruit. Le plafond était en béton lui aussi, comme le sol. Je me suis dit : « Me voilà dans un tombeau. » Il y avait un cercueil dans un coin et, sur le côté, un banc.

– Un banc de jardin ?

– Plutôt le genre de ceux qu'on trouve dans un couloir.

– Comme celui qui est dehors, à côté de ma porte ?

– Euh... pas forcément.

– Tu as une idée de ce que signifie ce rêve ?

– Non.

– N'as-tu pas l'impression que ton esprit pense au décès d'une personne proche ?

Évidemment ! Et alors ?

– Il se peut que ton cerveau exprime le désir d'en comprendre le sens.

Je nettoie mes ongles. Depuis que je vis à la ferme, j'ai beau me laver les mains, j'y trouve toujours de la saleté. Je m'absorbe dans mon décrassage. Le psy reprend :

– Pourrais-tu enlever tes lunettes de soleil ? Elles te donnent un look branché, mais je ne vois pas tes yeux et ça me gêne pour dialoguer avec toi.

Sa grande photo ne me dérange plus vraiment. O.K., j'obtempère.

– Ta juge m'a téléphoné hier. Elle m'a annoncé que les enquêteurs souhaitent t'entendre à nouveau.

– Ouais, je dois me rendre à Dijon.

– Sais-tu pourquoi ?

– Ils veulent encore des infos sur l'accident.

– Pas seulement. Ils s'intéressent aux événements survenus avant, sur ton lieu de vacances. Ils cherchent à établir ce qui s'est déroulé là-bas.

– Ils feraient mieux de me protéger.

– Les gendarmes ont des éléments nouveaux à te présenter.

– Oui, Mme Nodier m'en a parlé, mais elle a refusé de donner des détails.

– Tu ne t'en doutes pas ?

Je m'agrippe aux accoudoirs.

– Tu ne devines pas de quoi il s'agit ?

De Seb ? Des hommes en noir ? Je serre les dents.

– Tu n'en as pas une petite idée ?

Mes doigts crispés deviennent douloureux. Par la fenêtre, j'aperçois des nuages lourds dans le ciel. Un orage bientôt ?

– Jérôme, la juge m'a mis au courant.

– Hein ?

– Je sais ce qu'ils ont découvert.

Ils les ont repérés ? Ou alors... Mes mains tremblent malgré moi.

– Ah bon ? Et... c'est quoi ?

– Les gendarmes ont trouvé le corps d'un jeune homme dans un fossé, à deux kilomètres du hameau où tu étais en vacances. Un adolescent tué par balles.

AH ! C'est comme un coup au plexus, je n'arrive plus à respirer normalement. Je me recroqueville dans le fauteuil. Je me cache les yeux, le visage, je ne veux plus être là, je ne veux plus exister ! SÉBASTIEN ! Ils t'ont jeté dans un trou, comme une bête ! Et je ne les ai pas empêchés ! Sébastien, j' suis désolé, tellement désolé. Je t'ai abandonné, et ces salauds sont revenus pour te traîner dehors. Pourquoi ? Pour brouiller les pistes ? Pour retarder l'enquête ? Pour t'humilier ? T'étais déjà mort, merde ! Et pourquoi dans un fossé ? Des jours et des nuits là-bas, tout seul ! Avec des animaux sauvages qui lèchent tes blessures ! Comment continuer à vivre avec ces images dans la tête ?

– Je sais qu'une telle nouvelle peut être un choc pour toi, mais cette information est importante. Le garçon semble être décédé le jour de ton accident. Il a été victime de plusieurs coups de feu provenant d'une arme de même calibre que celle qui t'a atteint. Jérôme, est-ce qu'il s'agit de l'ami dont tu m'as parlé ?

Une douleur violente me traverse le crâne et m'étourdit. Je me retiens aux accoudoirs pour ne pas perdre l'équilibre. Je revois le visage de Seb, ses yeux effarés qui me reprochent tant de choses !

– Jérôme, étais-tu présent lorsqu'on lui a tiré dessus ?

J'approuve de la tête. Impossible de prononcer un mot. Je sens des larmes couler sur mes joues. Je ne me rends même plus compte quand je pleure !

– La mort d'un ami est bouleversante, surtout dans ces conditions, ton chagrin est naturel, tu as vécu des épisodes très éprouvants. Les gendarmes te protégeront avec plus d'efficacité si tu leur livres des éléments sur cette agression…

Je n'ai pas l'intention de leur expliquer ce qui s'est passé. Certainement pas aux flics. À tous les coups, ils m'accuseront ! Le psy me dit doucement :

– Ne reste pas bloqué dans le silence.

Mon nez coule, je l'essuie avec les doigts.

– D'abord, je suis pas « bloqué ».

– Bien.

– C'est parce que… tout ça… c'est ma faute.

– Pourquoi penses-tu cela ?

– Les hommes en noir m'ont suivi chez Sébastien, et je ne m'en suis pas aperçu.

– Ce sont ces individus les criminels, tu n'as pas à te sentir responsable de leur acte meurtrier. Tu as tenté de protéger ton copain, n'est-ce pas ? Et tu as été blessé. Tu n'as rien à te reprocher.

Bien sûr que si ! Et je n'arrive plus à sortir un son. Et je dois me moucher. Je fouille dans mes poches. Philippe me tend un paquet de Kleenex.

– Crois bien que je suis désolé d'avoir réveillé cette douleur. Connaissant cette information, je n'ai pas cherché à te la cacher. Lors de ton hospitalisation, tu m'as reproché de ne pas t'avoir averti du décès de tes parents. Cette fois-ci, je ne te dissimule rien. Jouons cartes sur table, d'accord ?

– P'tain, je joue à rien du tout !

– C'est une façon de parler. Ne nous masquons pas la vérité, si tu préfères. Je ne conduis pas une enquête policière. Je m'efforce de connaître tes émotions, tes peurs, tes souffrances, afin de les soulager.

J'avais le corps de Sébastien dans mes bras, avec ses blessures qui pissaient le sang, et c'était moche, Philippe, hyper moche, hyper dégueulasse, à vomir ses tripes ! Si c'est ça qui vous intéresse, faut vous faire soigner ! Je sors le dernier mouchoir.

– Jérôme, tu as cherché à occulter ce souvenir terrifiant, et c'est lourd à porter. Libère-t'en. Si tu m'en parles, tu pourras déposer ce fardeau.

Je me mets debout. Un fardeau comme le mien, on ne s'en soulage pas avec quelques mots ! Philippe reprend :

– Je ne juge personne, je ne suis pas là pour juger quiconque.

Bien sûr que si ! Sébastien affirmait qu'un homme droit n'a rien à craindre. Que croyez-vous qu'il advint ? Sans l'entendre, ils l'ont condamné, poursuivi, exécuté, assassiné ! Par ma faute ! Je tourne en rond dans son bureau. Des mouchoirs en papier parsèment le sol alors qu'il y a une poubelle près du fauteuil. Je fiche la pagaille partout.

– Tu as été impliqué malgré toi dans ce drame, et tu en redoutes encore les conséquences. Donne-nous le maximum d'informations qui permettront de confondre les meurtriers.

– J' vous ai *déjà* dit que le crash m'a bousillé la tête, impossible de retrouver le fil, je ne sais plus qui sont ces types !

– Alors, livre-nous les raisons pour lesquelles…

– Arrêtez de chercher des explications à tout !

– Je t'assure que t'enfermer dans le silence ne résoudra rien.

– Je m'enferme pas dans le silence, je vous cause là, non ? JE VOUS CRIE DESSUS ! Qu'est-ce que vous voulez de plus !

– Éclaire-moi sur ce qui s'est passé.

– MAIS J'Y VOIS QUE DALLE !

Le psy reste calme malgré mes vitupérations.

– Le chien noir de tes cauchemars a certainement un rapport avec cet événement. Qu'est-ce qui te vient à l'esprit quand tu y penses ?

Je m'assois sur le tabouret, loin de Philippe.

– C'est à cause de quand j'étais gosse.

– Oui, tu as évoqué ce souvenir, mais tu étais bambin à l'époque. Tu as bientôt quinze ans, cela ne devrait plus t'effrayer autant.

– C'était un bullmastiff énorme.

– Tu rêves d'un chien-loup.

– Ah, ouais… Mon père en a eu un, il est mort quand j'étais petit.

– Donc, tu as été en contact avec ce genre d'animal.

– Non, j'étais bébé.

Papa adorait son clebs, il en parlait souvent, comme s'il faisait partie de la famille. J'avais horreur de ça. Le psy consulte ses notes, puis il lève les yeux vers moi. Je ne bouge pas, tassé dans mon coin.

– Tu as vu les hommes en noir cette nuit-là, n'est-ce pas ?

– Ben oui.

– Ces individus possèdent un signe distinctif, une particularité qui nous mettrait sur la voie ?

– Je connais pas la marque de leurs slips, si c'est ce que vous cherchez.

– Aucun souvenir précis ?

– Si j'avais pu donner le signalement des mecs qui veulent me buter, je ne m'en serais pas privé, figurez-vous !

– Ils ont tiré sur ton ami, et sur toi. Vous aviez donc eu affaire avec eux.

– Ce sont mes parents qui...

– Non, tes parents, ils ne les ont agressés que bien plus tard. Ces individus en avaient après vous deux. Essaie de te rappeler.

– Pas la peine, l'image des types reste floue dans ma tête.

– Ces hommes devaient avoir de sérieuses raisons pour venir vous trouver dans ce lieu perdu. Vous aviez forcément été en contact, soit en personne, soit par téléphone ou sur Internet.

– Je vous jure que je sais plus !

– Efforce-toi de te souvenir. L'autre jour, tu as prononcé ces mots : « Ne nous tue pas. » Tu *tutoyais* l'individu qui t'a tiré dessus !

– Je délirais, je racontais n'importe quoi !

– Je ne pense pas. Accepte de regarder la vérité, Jérôme, ne la fuis pas ! Et même si ton ami a commis une faute, une chose illégale...

– MAIS SEB N'A RIEN FAIT !

J'ai bondi. Je me plante devant son bureau, je m'appuie sur son plan de travail, et je répète, en espérant que ma voix ne tremble pas :

– Sébastien n'a *jamais* rien fait de mal.

– D'accord.

Philippe attend que j'ajoute quelque chose. Nous demeurons immobiles, les yeux dans les yeux. Doc, il y a une chose que je ne vous dirai jamais. Quelque chose de terrible... Une larme tombe sur une des feuilles de papier étalées devant lui. Je me redresse avec un vague signe, genre : ça suffit. Je récupère ma casquette et je sors. Je descends au rez-de-chaussée, je passe les portes coulissantes, je marche jusqu'au parking. J'aperçois Louise, je m'engouffre à l'arrière de sa voiture. Elle m'observe dans le rétroviseur. Je remets mes lunettes de soleil. Elle me tend un paquet de mouchoirs en papier, et démarre. L'auto se faufile dans la circulation dense de la ville.

Même pas monté au service de gastro-entérologie pour voir mes copines et le grand Abitzu. Pas possible. Pas maintenant.

26

Sueurs froides

Nous arrivons au Défens. Une bagnole stationne devant l'étable, un homme parle avec Henri. Nous descendons de voiture. Louise m'explique qu'une génisse est malade, le vétérinaire est venu l'examiner. Elle me demande :

– Ça va aller, Jérôme ?

– Ouais ouais.

– Veux-tu que je te prépare une boisson chaude ?

– Non, c'est pas grave. Faut que je me repose, c'est tout.

Elle hoche la tête, à moitié convaincue. Henri s'approche.

– Laisse-le donc, ce n'est plus un gamin, il saura prendre soin de lui-même.

Louise pince les lèvres, et lui lance un regard noir. Je file dans la maison avant que ça dégénère. Je monte dans ma chambre, et je m'enferme. À double tour. Allongé sur mon lit, je fixe le plafond. Avec la poutre en bois.

Quand la vie me réservait un coup tordu, je me confiais à ma mère ou à Seb. Maintenant, je n'ai plus personne. Je n'étais pas prêt à me défendre contre toutes ces saloperies. Pour lutter, il me faudrait des armes de gros calibres. Mais je n'ai que mon couteau. Je déplie la lame, je l'approche de mon bras, elle effleure mon poignet. L'acier aiguisé entaille ma peau. Une goutte de sang perle aussitôt, suivie d'une autre. Elles me rappellent de trop mauvais souvenirs, je les essuie et j'enroule sur la blessure un bandana que je serre fort.

Je me lève pour fermer les volets. La chambre s'assombrit. Je suis fatigué, de moi, des gens, de tout. Je me recouche. Finalement, je préfère l'obscurité. Comme ça, j'ai l'impression que ce monde pourri n'existe plus. Eh bien, si, il persiste à m'emmerder : le téléphone sonne, et sonne. Les Grandjar sont encore auprès de la bête malade, ils n'entendent pas. Cette sonnerie me tue les oreilles ! Je descends prendre l'appel pour eux.

Je décroche. Allô ? Personne ne répond ! Je répète : « Allô ? » Aucune parole, aucun son. Ah, si, un léger souffle. C'est quoi, ce truc ? Je raccroche en tremblant. Non, ils ne téléphoneraient pas. Pas les hommes en noir ! Je me précipite dehors, à la recherche de quelqu'un. Justement, Zoé s'approche à bicyclette. Je lui raconte le coup de fil et le silence à l'autre bout, comme un avertissement. Ou une menace. Elle éclate de rire.

– Ça arrive souvent ! Il y a beaucoup de mémés dans le coin, elles n'arrêtent pas de se tromper de numéro, elles perdent un peu la tête, faut pas t'inquiéter.

Ne pas m'inquiéter ? Comment ce serait possible ? Les enquêteurs enquêtent à Rémilly, ils ne se préoccupent pas de mettre en place des mesures de protection pour témoin en danger de mort imminente et cruelle ! Zoé me prend par l'épaule et m'entraîne en me servant des paroles rassurantes que je n'écoute pas. J'entends encore la respiration profonde dans le téléphone, comme pour me dire : « Je m'approche, je suis là, tu ne m'échapperas pas. » Bon sang, faut plus que je pense à ça… mais comment oublier ?

Nous marchons sur un chemin du bois de Conforgien. Zoé contemple les arbres d'un air ravi, elle s'exclame : « Cette forêt est splendide ! » Au loin, un oiseau pousse des cris d'alarme. Zoé m'annonce avoir vu les traces d'un renard près du Saut du Fourchu. Je m'efforce de prêter attention à ce qu'elle me raconte. Elle me dit qu'elle aurait préféré croiser celles d'un chevreuil ou d'un cerf, mais ils ne se baladent plus dans cette partie du parc naturel du Morvan. Avec un air désolé, elle ajoute : « Pas de Bambi ici. » Tiens, ça me rappelle ma première rencontre avec Sébastien : j'avais onze ans, et je venais de me planter à vélo. Mon front s'ornait d'une énorme bosse. Seb m'a fait : « Alors, Bambi, les cornes, elles poussent ? » On a rigolé. Ensuite, on est devenus amis. Zoé trouve ça mignon. Elle me demande :

– Tu connais l'histoire du roman ?

– De quoi ?

– L'histoire du *vrai* Bambi, le livre original, celui qui a été censuré par Hitler !

– Hein ?

– En 1936, ce bouquin génial a été interdit par les nazis, et les exemplaires brûlés.

– Pourquoi donc ?

– Parce que Salten, le type qui a écrit *Bambi, Eine Lebensgeschichte aus dem Walde*, voulait dénoncer les persécutions des Juifs, des Gipsies et des pédés. Les méchants chasseurs représentent les fascistes qui cherchaient à éliminer tous ceux qu'ils trouvaient « différents ».

– Ah bon ?

– Mme Schneider, notre prof d'allemand, nous a demandé de travailler là-dessus. Elle a choisi plusieurs passages du texte de Felix Salten, et on les a comparés à la version de Disney. Incroyable, dans le dessin animé, les allusions au monde réel ont disparu !

– Ben, c'est normal de vouloir cacher la vérité aux enfants, sinon les gamins partent en courant se pendre à une branche !

– Nan ! Pas d'accord, ça n'arrange rien ! On doit l'affronter, Jérôme ! Pour avoir une chance de changer cette foutue réalité, on doit la regarder en face, et ne pas faire le dos rond !

– Alors là, si tu penses être capable de transformer ce monde merdique en un truc cool où on ne tue pas les innocents, tu te réserves des lendemains pénibles, ma vieille !

La cloche sonne pour annoncer le dîner. Je m'élance, furax, en direction de la ferme. Zoé me suit sans un mot. Elle paraît vexée. Tant pis, elle n'a pas à me débiter ce genre d'imbécillité ! Parce que dire la vérité peut provoquer des *catastrophes*, mademoiselle je-sais-tout ! Du coup, je m'énerve, forcément... J'arrive à la maison. Les parents et le grand frère sont déjà à table. Je m'assois, et j'avale un verre d'eau. Je dégouline de sueur. Zoé nous rejoint. La famille discute comme à son habitude. Louise me propose de choisir un roman dans sa bibliothèque. Non merci, je n'ai pas la tête à lire en ce moment. Henri observe mon bandana taché, sans un mot. Hugo me signale que la roue arrière du VTT est à plat. Je verrai ça demain. La dernière bouchée avalée, je file dans ma chambre.

J'arrache mes vêtements, je presse mes tempes entre mes mains. Impossible d'oublier le souffle dans le téléphone. Impossible d'oublier l'image de Sébastien dans le fossé...

Louise toque à la porte. Vite, j'enfile mon pyjama. Elle entre et me dit qu'elle est passée au cabinet de mon psy à Saulieu, pour une ordonnance. Il m'a prescrit des comprimés pour rendre mes nuits plus paisibles. Elle me tend une pilule et un verre. Ah bon ? Elle insiste. D'accord, je gobe le médoc pour la tranquilliser. Elle me souhaite le bonsoir et repart. Je me pelotonne dans mon lit, enfermé à double tour, mon canif à la main. Est-ce que les hommes en noir approchent de la ferme ?

27

L'automobile noire

Réveil *très* difficile ce matin. J'ai été dispensé de corvée de biberons, je marche au radar. Saleté de médoc ! Louise m'informe que mon rendez-vous avec les flics est fixé à demain, vendredi. Quelqu'un me conduira à Dijon. Super, les enquêteurs me parleront de Sébastien retrouvé dans le fossé, j'aurai des images dégueulasses dans la tête, je me dirai « Pourquoi je ne suis pas mort à sa place ? », et j'aurai envie de me flinguer. Merci, les gars.

En plus, le temps a viré au calamiteux : nuages lourds, bourrasques et pluie glaciale. Bientôt de la neige en plein mois d'août ? Zoé veut que je l'accompagne chez une copine qui organise une petite fête. Je tente de refuser, malheureusement elle a déjà annoncé ma venue à ses amis. Je n'ose pas me défiler. On s'y rend avec Aurélie. Zoé s'active, excitée comme une puce, elle espère rencontrer des camarades qu'elle avait perdus de vue.

– Jérôme, accélère le mouvement, on est en retard !

Tu parles, on a dix minutes d'avance ! Louise m'informe qu'Hugo est parti pour la journée à Alligny-en-Morvan chez un copain. Comme si ça m'intéressait ! J'enfile mon équipement : anorak, casquette, grosses godasses. Zoé me tire par la manche et nous sortons dans la bruine crachoteuse. Les parents d'Aurélie passent nous prendre en bas de notre chemin. Ça nous oblige à descendre le raidillon. Sympa par ce temps ! Zoé me houspille : « Allez, grouille, dépêche, embraie ! » D'après elle, je ne marche pas assez vite. Évidemment, elle court presque. Je n'ai pas l'intention de galoper dans la gadoue. Je la laisse filer.

Des rafales humides balaient la route. J'enfonce ma casquette sur mon crâne pour qu'elle ne s'envole pas. Heureusement qu'on n'avait pas prévu de plonger dans la piscine de Saulieu. Elle est en plein air. Quand il fait chaud, des guêpes atterrissent sur le carrelage pour pomper l'eau des flaques. Malheur à qui pose un pied dessus ! Aujourd'hui, on risque plutôt l'angine, la bronchite, l'otite purulente. Dans ce pays, c'est la canicule ou le blizzard. J'enfouis mes mains dans mes poches. Ce crachin me gèle les doigts. Un sale temps, comme le jour de l'accident. Le genre de climat que les hommes en noir apprécient. Zoé disparaît à ma vue, parce que le chemin enchaîne deux virages serrés. Cette fille cavale au lieu de se précipiter calmement.

LÀ, UNE VOITURE NOIRE ! Une Mercedes, tapie sous les arbres ! VITE, j'escalade le talus, je me coule sous les branchages. Ouf, me voilà dans la forêt. Des portières claquent, ils descendent ! Détaler fissa, continuer à courir, grimper plus haut. Ces salauds me poursuivent ! Ils ont de grandes jambes, j'ai intérêt à accélérer. Je slalome entre les fûts, je m'accroche aux troncs pour avancer sans me foutre par terre. De la sève me colle aux doigts, je glisse sur les aiguilles de pin. Attention aux branches basses ! Je me faufile dessous. Plus petit qu'eux, j'ai peut-être un avantage. J'entends un crépitement. Ils me tirent dessus ! Avec des silencieux, ça ne claque pas fort. Les arbres doivent les gêner. Je n'ai pas le temps de me retourner, sinon je me casse la gueule. FONCE ! Purée, c'est de plus en plus dur, je n'arrive plus à respirer. Une pause, par pitié, sinon je vais tourner de l'œil. Là, un gros rocher couvert de mousse. Je m'écroule derrière. Où sont-ils ? Je sors mon couteau de ma poche, je déplie une des lames. Ils ne m'auront pas sans que je me défende, cette fois-ci ! Au-dessus de moi, la pente est forte. Les hommes en noir avancent vers moi, certainement. Courage, je dois repartir.

Vite, crapahuter plus haut ! Des morceaux de bois mort me ralentissent. Avancer quand même, enjamber, surtout ne pas m'arrêter. Ma respiration fait un bruit d'enfer, un type se tiendrait derrière mon dos, je ne m'en apercevrais pas. Je pédale dans un fouillis de débris végétaux. J'atteins une arête. Ne pas redescendre de l'autre côté. J'en ai envie, mais c'est un piège, ils sont plus bas, je tomberais sur eux. Je repars, je poursuis l'escalade en soufflant comme un phoque. Aïe, je glisse ! Je me retiens aux fougères pour ne pas dévaler la pente. BOUGE-TOI ! J'approche d'une lisière, je débouche sur quoi ? Un plateau nu, sans un arbre.

La pluie tombe dru maintenant. Ne pas rester à découvert, ils me canarderont trop facilement. Je cours de nouveau. J'aboutis à un surplomb, une sorte de barre rocheuse qui domine la forêt. Où trouver un abri ? Je scrute le sol en suivant le bord. Je dois dénicher une voie pour me planquer, pour rejoindre la ferme, une issue pour sauver ma peau !

Ah, je distingue l'amorce d'un passage. Bon sang, la pente ! Gaffe, Jérôme ! Je range mon couteau dans ma poche. J'avance prudemment dans le goulet étroit. C'est un coup à dégringoler jusqu'en bas. Doucement... un pas... puis un autre... Plus que raide, ce truc. De toute façon, je n'ai pas le choix : le salut ou la mort. Je m'agrippe aux rochers. Les parois sont mouillées, ça craint vraiment. Je ne trouve pas de prise pour mon pied gauche. Si, là, une fissure. Je ne sens plus mes doigts tellement la pierre est glacée ! Une autre faille ici, je tends la jambe, ma semelle s'appuie sur le bord... JE DÉRAPE.

28

Le Saut du Fourchu

Complètement sonné... étendu dans la boue... trempé, mouillé... Aïe, mon bras ! Mon épaule a un problème, un méchant problème. Je la maintiens avec l'autre main. Au-dessus de moi, une sorte de falaise. Ah oui, le goulet étroit. Je me traîne jusqu'à son pied. Trop dur de repartir en courant. Je me cale dans un renfoncement de la paroi, à l'abri. Pas tant que ça, je reçois de la pluie à chaque bourrasque. Quelle galère ! J'ai vachement froid. Et mal à l'épaule. Si ça se trouve, la clavicule a pété comme une allumette. Du sang me coule dans un œil. La tête a encore pris un coup, mais ils ne m'ont pas eu. Je sentais bien que ces salauds approchaient. Par chance, j'ai pu m'en sortir.

Reste plus qu'à rejoindre la ferme, j'y serai en sécurité. Je partirai dans un instant... un petit instant... Auparavant, je dois récupérer des forces. Souffler un peu. Pas longtemps. Deux minutes... Est-ce que les hommes en noir me cherchent encore ? Ou est-ce qu'ils ont abandonné après ma dégringolade fatale ? Pas si fatale que ça, je ne suis pas mort. Enfin, je ne crois pas. Les rochers m'ont mis K.-O. Combien de temps ? Difficile à évaluer, ma montre s'est arrêtée. Purée, je suis vanné, complètement HS... Surtout, ne pas fermer les yeux, sinon je m'endormirais, et on découvrira mon cadavre congelé demain. La nature est sans pitié, le blizzard transperce mes vêtements mouillés. Tous les vents du Nord se déchaînent ici ! Mes dents s'entrechoquent. Faut que je reparte maintenant, après ce sera trop tard.

Difficile de me mettre debout. Je maintiens mon coude d'une main. Malgré ça, j'ai mal... Dans quel coin je suis tombé ?

L'ancienne carrière ? Non, rien à voir. Ah, je reconnais la pointe rocheuse : le Saut du Fourchu. Je crois qu'il y a un chemin à gauche. Ouais, je n'ai plus qu'à le suivre, il aboutit derrière la ferme.

Chaque pas résonne dans mon crâne. Mon œil est poisseux de sang. J'ai l'impression de marcher tordu à cause de mon épaule démolie. M'en fiche, je souffre moins comme ça. Mes vêtements humides pèsent une tonne, ils me gèlent la peau... Est-ce que les Grandjar se doutent de ce qui s'est passé ? Ils ont prévenu les gendarmes ? Pourvu que les hommes en noir aient filé. Si j'en croise un, je finis plombé. Cette pluie, y en a marre ! Suis fatigué, vidé, rétamé.

Gaffe, le sentier descend et devient torrent. J'aperçois la ferme, il était temps ! Je n'ai plus qu'à contourner l'étable... Je glisse ! Aï-euh ! Me voilà encore allongé dans la boue. Mon côté délabré me fait un mal de chien... Merde, des chaussures noires devant mon nez ! Un homme au-dessus !

– Tu ne serais pas Jérôme Louvart ?

Un gendarme ! Sans attendre ma réponse, il me remet sur mes pieds. Eh, doucement ! Il m'entraîne vers la maison. D'un signe, il alerte un collègue posté près de leur Kangoo, le mec se précipite vers nous. Les militaires agrippent fermement mon anorak. Ils ont peur que je m'échappe ou que je m'évanouisse ? J'espère que Louise est là. Oui, elle accourt.

– Mon Dieu, Jérôme, dans quel état !

– Nous venons de le trouver derrière la ferme.

– Henri ! Il est revenu !

– Madame Grandjar, nous devons l'interroger.

– Vous ne voyez pas qu'il est blessé ? Qu'est-ce que tu as au bras, et ce sang sur ton visage...

– Nous avons des questions...

– Eh bien, ce sera pour plus tard ! Henri, appelle le docteur ! Jérôme, je t'emmène, tu trembles de froid.

– Madame, s'il vous plaît...

– Tout d'abord, je lui donne un bain très chaud, ensuite on le soigne, il est pâle comme un spectre ! Vous aurez tout le temps après. Henri, tu rassures aussi Zoé !

Une fois dans la maison, Louise me conduit dans sa salle de bains, au rez-de-chaussée. Elle m'aide à me déshabiller. « Tu peux garder ton caleçon. » Ouais, je préfère. J'ai à peine la force d'enjamber le bord de la baignoire pour me plonger dans l'eau couverte de mousse. Hum, je me réchauffe doucement dans mon bouillon... et je refuse de penser à ce qui vient de se passer.

Un pyjama sec sur le dos, je me sens un peu mieux, même si j'ai l'impression qu'on m'a arraché l'épaule. Louise me colle un pansement au-dessus de l'œil et un autre sur le coude écorché. Le médecin, joint par téléphone, est en consultation, il ne peut pas se déplacer. Les gendarmes veulent me transporter aux urgences de l'hôpital. Henri s'y oppose : mon pronostic vital n'étant pas engagé, il m'emmènera en voiture chez son toubib. Je passerai entre deux patients. On m'emporte, enroulé dans une couverture.

Chaque mouvement de la bagnole réveille des douleurs. Franchement pénible. Le kangoo bleu nous suit. Ça me rassure. Voilà le cabinet médical. Le doc se montre compréhensif, il me donne la priorité. Henri m'aide à monter sur le lit d'examen. On me demande de manœuvrer chacun de mes membres. Tout fonctionne correctement, sauf le bras. Qui paraît coincé. Pitié, ne le bougez pas, l'articulation pose problème. Aïe ! Oui, là. Et il insiste, ce con ! ARRÊTEZ ! Je hurle pour stopper l'acharné. Mon épaule fait « Cloc ! ». Le toubib m'annonce que la luxation a été réduite. Bon, d'accord, ce type n'est pas un adepte de la médecine douce. Il me harnache d'une écharpe de contention. Pour finir, il recoud mon arcade sourcilière. Euh, on anesthésie un peu ? Non, ce ne sera pas douloureux. Tu parles !

Une compresse et un sparadrap. « Avez-vous eu une perte de connaissance après le choc à la tête ? » Je mens en répondant non, pas envie de prolonger la séance. On remballe le malade. « Votre jeune pensionnaire s'en remettra vite », assure le médecin à Henri. Je suis un « pensionnaire » maintenant ?

Ordonnance, feuille de soins, direction la pharmacie. On stationne en double file, avec le Kangoo posté derrière nous. Louise revient avec les médocs, et on file vers l'Huis du Défens. De nouveau, un trajet hyper pénible. Par contre, on monte *lentement* le raidillon. Merci, Tonton Henri.

Je suis à peine rentré que les gendarmes organisent mon « audition ». On m'installe sur une chaise, toujours la couverture sur les épaules. Je gobe les comprimés que me tend Louise. Les questions fusent. Je m'efforce de répondre clairement, pourtant mon récit reste confus, je suis tellement fatigué. Le capitaine Larrieu débarque, il souhaite plus de détails. Combien étaient les hommes en noir ? Je l'ignore. Quoi ? Ben oui, je courais ! On ne fuit pas en regardant en arrière ! « Personne n'a entendu de coups de feu », constate un des flics. Ben, ils avaient des flingues avec des silencieux. Le militaire griffonne sur son carnet. Il demande : « Comment se fait-il que la jeune Grandjar n'ait pas remarqué la voiture qui stationnait sur votre chemin privatif ? » Parce qu'elle dévalait la pente à toute blinde et que la bagnole se planquait sous les arbres ! « Attendez, dit un autre mec en uniforme, ce ne serait pas plutôt l'auto venue conduire les ados à leur fête que ce garçon aurait prise pour... » Larrieu approuve aussitôt : « Est-elle de couleur noire ? » « Non, bleue », lui répond Henri. Ben voilà, messieurs, arrêtez avec vos hypothèses foireuses ! L'interrogatoire continue. Je me tasse sur mon siège. On me demande les noms des lieux : quel bois, quel chemin ? Je n'en sais rien, à part que j'ai abouti au Saut du Fourchu. Ils décident d'effectuer un repérage avec moi demain matin.

Henri s'inquiète au sujet de ma sécurité et de celle de sa famille. Le capitaine de la gendarmerie de Saulieu précise son plan : il conduira ce soir une première investigation autour de la ferme. Il lui semble peu probable qu'une autre agression ait lieu cette nuit, cependant il laissera un détachement de deux hommes en faction dans un véhicule. Quant au rendez-vous avec les policiers de Dijon, il est repoussé à la semaine prochaine. Voilà enfin une bonne nouvelle. Avant de partir, le capitaine m'ordonne de ne pas sortir de la maison avant son retour demain. Précaution inutile, chef, je tombe de sommeil.

29

Reconstitution

Réveil pénible de chez pénible. Au moindre mouvement, des flèches de feu me transpercent l'épaule. Je bouge le moins possible. Pas de mal de crâne pour l'instant. Je tâte le pansement de mon arcade sourcilière. Une cicatrice de plus. Je devrais essayer de ne plus tomber sur la tête, elle commence à être sérieusement couturée.

Henri et Louise m'ont apporté le petit déjeuner au lit. Zoé m'a offert un porte-clefs acheté hier à Saulieu. Elle m'assure que je ne lui ai pas gâché sa fête. Un mensonge sympa. Hugo est venu demander de mes nouvelles, je n'en revenais pas ! Côté négatif, j'ai perdu ma casquette et mon couteau au Saut du Fourchu.

Louise entre pour m'aider à m'habiller, à cause de l'épaule estropiée. J'enfile une chemise et un gilet, je me harnache avec l'écharpe de contention, et je descends l'escalier. Dans la cuisine, je m'installe sur une chaise, un peu abruti, un peu inquiet. J'avale mon cocktail de comprimés : antidouleur, anti-inflammatoire, anxiolytique du psy. On m'annonce que tout est prêt pour la reconstitution de la folle poursuite. Un tas de mecs en uniforme m'attend dans la cour. La maréchaussée a débarqué en nombre avec le capitaine Larrieu. Henri me passe un anorak d'Hugo (le mien est encore trempé), puis il me conduit vers le gendarme en chef, qui me recommande de « répéter *exactement* mes déplacements d'hier ». Ben oui, j'avais compris. Peut-être zombi, mais pas taré pour autant !

Malgré un ciel dégagé, le froid est vif. Nous descendons le raidillon. J'indique la portion de virage où était garée la voiture noire. La terre humide et les feuilles mortes brouillent la piste, les militaires s'accroupissent, ils inspectent chaque recoin. L'un d'eux appelle ses collègues et leur montre quelque chose. Apparemment, ils ont trouvé une trace récente de pneu. Vous voyez que je ne suis pas cinglé ! Ils veulent prendre une empreinte. Pas simple à cause de la gadoue, ils y passent un temps fou.

On me demande de refaire mon parcours. Par où ai-je grimpé ? Je choisis un endroit un peu au pif, et j'escalade le talus du fossé. La troupe me suit en file indienne. On gravit la pente en glissant sur le sol mouillé. Comment ai-je pu courir tout du long ? Je leur montre le rocher à l'abri duquel j'ai repris mon souffle. Maintenant, on s'emmêle les pieds dans un fouillis végétal. Je n'en reviens pas d'avoir réussi à galoper là-dedans. L'effet de la panique ? Nous aboutissons enfin au plateau. Je marche jusqu'à l'à-pic, je cherche le passage. Difficile à repérer. Aujourd'hui, le soleil change l'aspect du relief. Je distingue bientôt une brèche entre les parois rocheuses. Quoi, je me suis lancé dans cette pente vertigineuse ? J'étais totalement inconscient ! Un des gendarmes remarque des traces de glissade. Aucun n'est volontaire pour répliquer ma descente téméraire et folle. Nous poursuivons le long du bord jusqu'à rejoindre un versant moins abrupt. Ensuite, nous revenons à l'aplomb du couloir de la mort. Un militaire ramasse ma casquette et me la tend. Je ne la remets pas sur ma tête, elle est humide et pleine de boue. On ne trouve pas mon couteau. Nous rentrons.

Je marchais sous la pluie. Je me rappelle le froid, la fatigue, la douleur, l'angoisse. Encore maintenant, je me sens seul malgré les Grandjar qui m'accompagnent. Les gendarmes discutent entre eux. Le problème, c'est que les indices sont maigres : une casquette et une vague empreinte de pneu. Plutôt décevant. Ils s'étonnent de ne pas avoir repéré des douilles de munition.

Sans vouloir les vexer, ça n'a rien de surprenant, puisqu'ils n'ont pas été fichus de retrouver mon couteau, qui est dix fois plus gros. Sans compter que les hommes en noir ne laissent jamais de traces derrière eux. À part les cadavres.

De retour à la maison, chacun est heureux de se réchauffer devant l'âtre de la grande cheminée. Louise offre du café aux gendarmes. Je prends un chocolat chaud avec Zoé. Les adultes discutent du futur rapport qui reste à rédiger. Je pose ma joue dans le creux de mon bras valide sur la table. Les gens ne semblent même plus s'apercevoir de ma présence. J'observe leurs visages à travers mes paupières à demi fermées. Que pensent-ils de moi ? Et de mes agresseurs ? Ils y croient un peu, beaucoup, passionnément, pas du tout ? Les voilà qui évoquent l'accident sur l'autoroute déserte, l'absence de témoin. La voiture crashée sous le pont, mes parents coincés dans les tôles tordues.

Je n'ai pas une seule photo de Maman ni de Papa ici. Nous en avons à Paris, bien sûr. J'ignore quand je les récupérerai. Ça m'aiderait à me rappeler les bons moments. Un jour, à la télé, j'ai vu un reportage sur de jeunes aveugles. On leur avait donné des appareils reflex numériques. L'un d'eux avait à peu près mon âge, sympa et plein de gaieté. Il faisait des clichés superbes, et il aimait en montrer les tirages papier aux personnes qui lui rendaient visite. Les gens lui décrivaient l'image et il commentait la scène. Par exemple, la motoneige garée sous les sapins, il avait réussi à la conduire sur une piste du Jura. Ce garçon parvenait à partager ses souvenirs à l'aide de photos qu'il lui était impossible de voir ! Ce n'est pas parce qu'une chose est invisible qu'elle n'existe pas.

Le capitaine Larrieu s'approche de moi, il me demande si le nom d'Alfred Cousin me dit quelque chose.

– Quoi ?

– Un ami de Sébastien Ronsard, âgé de dix-neuf ans. Vous l'avez déjà rencontré ?

– Alfred ? Ouais, il habite Rémilly-le-Bas.

– Ce jeune homme est connu de nos services. Qu'avez-vous à en dire ?

– Bah, il faisait parfois des sorties avec Sébastien, mais ils n'étaient pas vraiment amis.

– Seriez-vous au courant de problèmes existant entre eux, un contentieux, un désaccord ?

– Nan.

– Ou une rivalité ? Ils auraient pu être amoureux de la même fille ?

– Sûrement pas.

Complètement à côté de la plaque, le gendarme. Par contre, de la jalousie, il y en avait. Sébastien réussissait plein de trucs, alors qu'Alfred est un gros nul, et un fouteur de merde. Il cherchait à entraîner mon copain dans des affaires louches. Moi, je m'en méfiais comme de la peste, et il le sentait. Quand je le croisais, toujours un regard méprisant, des mots cruels à la bouche. Sans compter sa bande de tarés. Parce qu'il zonait avec d'autres gars du même genre, des agités qui collectionnaient les virées en ville, avec bagarres, beuveries, défonce et tapages nocturnes. D'où ses problèmes avec les flics, je suppose. Un mec hyper vicieux. L'an dernier, je me baladais à vélo sur une petite route, et Alfred m'avait foncé dessus avec sa bagnole. Il m'avait frôlé en klaxonnant. Paniqué, j'avais plongé dans le fossé. Une plaisanterie, d'après lui. Sûrement pas, j'étais en short et j'avais atterri dans des orties ! Seb cherchait à me rassurer : ce n'était qu'une bêtise de conducteur débutant, rien de méchant. Trop généreux, mon copain. Ou alors, une façon d'étouffer l'affaire. Il détestait les chicanes de ce genre. Pour lui, la vie était trop précieuse pour gaspiller du temps avec ça. Il pensait au décès de son petit frère, à la suite d'un cancer fulgurant. Une tragédie. La famille avait été dévastée. Ma mère soutenait la maman, qui était une amie d'enfance, et moi, je remontais le moral de Seb. Parce qu'il avait connu des moments difficiles. Des fois, ses yeux fixaient un point à l'horizon, il perdait le contact avec nous. J'essayais de le ramener sur terre en lui parlant de ce qu'il aimait, l'astronomie, l'électronique, la musique. Il était passionné de musique, il s'occupait du son lors des concerts de ses copains. Je le tannais pour qu'il m'y emmène. Un jour, il avait accepté que je le rejoigne dans une petite église romane non loin de Rémilly. En arrivant, j'avais croisé une troupe de gens qui trimbalaient des flûtiaux, des trombones bizarroïdes, et tout un attirail de vieux instruments. Au programme : musique baroque. Il y avait des chanteurs genre Bianca Castafiore. J'étais vachement déçu, je pensais que je n'allais pas vraiment m'éclater. Évidemment, je n'y connaissais rien.

Histoire de m'occuper, j'avais tiré les câbles des micros pour chaque groupe de violoneux. Il s'agissait d'enregistrer un CD qui serait vendu lors des représentations. Sébastien n'arrêtait pas de courir d'un coin à un autre pour vérifier les connexions. Les musiciens répétaient des bouts de partition dans le désordre le plus total, les chanteurs hurlaient... Bref, ça avait été le cirque pendant un bon moment. Soudain, tout s'était tu, et une mélodie avait commencé à envahir la nef, elle formait des sortes de vagues. Ensuite, le chœur des femmes avait entonné un air mélancolique, repris par celui des hommes, puis par des hommes qui avaient des voix de femmes. Les sons se mélangeaient, s'enroulaient, se développaient, avec, peu à peu, un rythme formidable qui enflait de plus en plus et me prenait aux tripes. J'avais senti une pulsation m'envahir, et je m'étais mis à danser au milieu de l'allée. Je fermais les yeux, je bougeais mon corps en cadence, je me fichais de ce que pouvaient penser les gens autour de moi. Dans cette chapelle, je vivais tout à coup à vingt mètres au-dessus du sol. Quand la musique s'était arrêtée, j'avais l'impression d'être ébloui. Seb me regardait en souriant. Il s'était approché et m'avait pris dans ses bras en me tapotant le dos, comme dans les films américains. Un moment grandiose ! Ma passion pour le baroque était née de cette répétition fabuleuse. J'avais tenté d'en parler à mes parents, mais mon père estimait qu'il fallait être cinglé pour apprécier cette « zizique de tantouzes ». Un jugement subtil, comme d'hab'.

Un bruit de chaises autour de moi, on m'annonce le départ de nos visiteurs. Je salue le capitaine. J'ignore quelles sont ses conclusions. Louise m'escorte jusqu'à ma chambre. Elle se préoccupe de savoir si je suis bien installé, si je ne souffre pas. Elle déborde d'attention. Je lui dis que je vais bien, qu'elle ne s'inquiète pas. Le grand fils vient me remettre un numéro de sa revue de football. Je me force à sourire. Merci, Hugo. Et merci pour la doudoune. Je cale mon bras amoché pour qu'il ne m'élance pas, et je ferme les yeux... Ce concert dans la chapelle avait été prodigieux.

30

La carte d'anniversaire

Ce matin, un étau enserre mon crâne, j'ai du brouillard plein les synapses. Je ne me rappelle même plus comment j'ai fini la journée d'hier. Une voiture de la gendarmerie stationne dans la cour. Plus pour longtemps. Les militaires ont annoncé qu'ils ne resteraient pas, à cause du manque d'éléments pour fonder la présence des hommes en noir aux alentours de la ferme. Les flics ne s'occupent que des tueurs qui se donnent la peine de prouver leur existence. Je pensais que trois cadavres et un blessé suffiraient. Ben non, c'est leur logique à eux. Ils partiront à midi.

Les volets de ma chambre sont fermés, j'ai allumé ma lampe de chevet pour lire un bouquin que Louise m'a passé : les débuts dans la vie d'un mec de l'ancien temps qui a connu des moments difficiles. Un récit drôle et tragique à la fois. L'auteur s'appelle Jules Vallès. Il raconte son enfance, au XIXe siècle, et ses galères. Je ne suis plus un gamin, je vis au XXIe siècle, et une balle m'a perforé le bide. Chacun ses problèmes.

J'aurais dû prendre la place du mort dans la bagnole. Pour moi, tout serait terminé, et Maman serait encore en vie... Stupide réflexion débile ! « Le temps se déroule dans un seul sens, me disait Sébastien, on ne répare pas le passé. » Il savait de quoi il parlait, avec son frangin dans la tombe. N'empêche qu'il se reprochait une multitude de choses, comme s'il aurait été capable de diagnostiquer la maladie de Cédric avant les médecins ! Parfois, des idées noires lui rongeaient le cerveau, malgré ce qu'il disait sur le cours du temps.

Est-ce que Sébastien a rejoint son petit frère ?

Louise paraît dans l'encadrement de la porte. Elle s'étonne de voir mes volets clos à onze heures du matin. Euh… je lis. Elle me propose de faire un tour en forêt avec Zoé, qui m'attend en bas et qui s'impatiente déjà.

– Chausse-toi, et pas besoin d'anorak, le temps est à nouveau à la chaleur.

Bon, j'accepte. J'enfile mon écharpe de contention. À peine ai-je descendu l'escalier que Zoé me saute dessus et m'entraîne dans la cour. Le soleil éclatant m'aveugle, le mal de tête m'étourdit. Je protège mes yeux d'une main. Ma copine court à la maison, pour réapparaître avec ma casquette toute propre et mes lunettes noires. Elle me lance :

– Heureusement que tu ne t'appelles pas Victor.

– Bah, pourquoi ?

– Le prénom de mon frère, c'est Hugo.

– Ha ha, trop drôle, ta vanne.

Pas le cœur à rigoler. Elle me tire par la manche vers la lisière de la forêt.

– Ne joue pas le ténébreux ! Tu as réussi à t'en sortir, t'es vivant !

– Mouais.

– Pas de déprime, secoue-toi !

– J'ai plus rien à « secouer ».

– Les gendarmes continuent l'enquête. Avec les nouveaux indices, ils épingleront les coupables !

Ma moue dubitative ne la désarme pas. Cette fille a un tempérament de feu, elle a un culot monstre, elle n'est pas timide, ni docile, ni trouillarde, alors c'est facile pour elle de me tarabuster sur ce chemin qui ne mène nulle part. Moi, je reste avec mes angoisses folles, mes tueurs acharnés, et mon loup cruel.

– Relax, Jérôme !

– Arrête avec ça ! Les hommes en noir me cherchaient et ils m'ont trouvé, excuse-moi de m'en inquiéter !

– Les gendarmes sont sur leur piste, laisse-les s'en occuper.

– Mais les flics n'y croient pas !

– Ce n'est pas parce qu'ils mettent en doute certains détails que...

– Je te signale que les tueurs m'ont tiré dessus. Pour moi, ce n'est pas un « détail » !

– Le boulot des enquêteurs consiste à vérifier chaque info !

– Évidemment, tu t'en fiches, de mes histoires, parce que... D'abord, t'as jamais... Et puis, tout le monde s'en moque de toute façon.

– Pas d'accord. Beaucoup de personnes se préoccupent de toi...

– Rien que des hypocrites et des menteurs ! Tous ces types en uniforme bien propre, ils n'en ont rien à braire de mes problèmes ! Je suis pas un cas intéressant !

– Tu te montes des cathédrales de conneries dans la tête, mon vieux.

Les gendarmes n'ont même pas le début du commencement d'un embryon de piste, que Zoé ne me raconte pas des craques ! Elle ne se rend pas compte de la situation, et je ne peux pas lui révéler pourquoi ils voulaient tuer Sébastien, sinon elle en parlerait à ses parents... qui me jetteraient dehors aussitôt. Elle pose sa main sur mon épaule.

– Jérôme, dis-moi : est-ce que tu as envie de vivre ? Si oui, tu dois t'y lancer totalement, au lieu de te réfugier dans ta chambre avec les volets clos en plein jour !

Ben non, je n'en suis pas encore à ce choix-là. Zoé ne pense qu'à l'avenir, moi, je suis bouffé par le passé. Elle insiste :

– Tu baisses les bras au lieu de te battre !

– Parce que tu prétends t'y connaître, toi ? T'as déjà eu tes parents assassinés ? Non ! T'as déjà eu ton meilleur ami flingué et jeté dans un fossé ? Non ! Tu vis ici comme une princesse, avec tes super copines, avec Tonton Henri et Mam Louise qui te chouchoutent ! Ah ouais, quelques malfaisants plaisantent sur la couleur de tes cheveux et sur tes taches de rousseur qui ne sont même pas des taches ! Vachement dur, hein ? T'es plutôt mal placée pour me dire ce que je dois faire !

– Oh, le pauv' Jérôme s'énerve ! Je ne suis pas là pour te plaindre ni pour te répéter que t'es bien malheureux. Quand on prend une claque, on se relève ! On s'en prend une deuxième, on se relève *encore* ! On n'est plus des gamins ! À chacun ses misères, je ne juge pas les tiennes !

– Alors, tant mieux !

Je rentre à la maison. Avec mon épaule amochée qui m'élance. Et mon mal de crâne qui gronde. Au loin, les buses jettent leur cri strident. Qu'elles crèvent, celles-là ! Une fois dans ma chambre, je m'enferme à double tour, mais j'ouvre les volets pour que Louise ne pense pas que je pars en vrille. Je sors la carte d'anniversaire de ma sacoche. Pour une fois, en écrivant cette lettre, j'étais sincère. J'aurais pu la montrer à Philippe. Je n'en ai pas eu le courage. Peur de lui ? Évidemment que j'ai eu la trouille de sa réaction s'il avait lu mes secrets de petit comploteur !

« Qu'est-ce que tu fous avec ce grand-là ? » s'étonnait mon père. Que je sois copain avec Sébastien, ça défrisait tout le monde. Parce qu'on n'avait pas le même âge, qu'on ne venait pas du même coin. Et cette enflure d'Alfred prétendait que Seb me prenait pour son frangin ! Il s'amusait à m'appeler « le Clone ». Quel salaud ! Je n'ai jamais été une sorte de petit frère de remplacement pour Sébastien. Cédric restera toujours un enfant. Mort. Un décès inattendu, impensable, Seb croyait tellement à la guérison de son frérot ! Il avait parcouru toute la région pour collecter des fonds en faveur de la recherche médicale sur les cancers pédiatriques. Les médecins allaient forcément trouver un traitement, une molécule, juste à temps pour le sauver ! Et puis non.

Bon, *d'accord*, Cédric et moi, nous sommes nés la même année. O.K., mon copain se souciait de ma santé, il se préoccupait de mes études, mais uniquement parce que j'étais son ami, son *meilleur ami* ! Alfred raconte de sales mensonges !

Louise m'appelle pour le déjeuner. Je descends. Zoé ne me jette pas un seul coup d'œil. Je ne suis pas malin de m'être fâché contre elle. Qu'est-ce qui m'a pris ? Ses parents paraissent inquiets. À mon sujet ou au sujet des hommes en noir ? J'ai l'impression que les gens s'éloignent de moi. Ou alors, c'est moi. Depuis l'histoire de la bagnole planquée dans le virage. Depuis la découverte du corps de Seb.

Auparavant, il m'arrivait de penser à ma mort, jamais à celle de mes proches. Je ne pouvais pas envisager une chose aussi terrible. Lorsque je m'imaginais en trépassé, je ne baignais pas dans le désespoir. Au contraire, j'aimais bien me représenter mon enterrement. Je me passais un véritable film dans ma tête. Il y avait énormément de monde. L'église débordait de personnes venues témoigner leur amitié et leur tristesse de m'avoir perdu. Ils sanglotaient, serrés les uns contre les autres. Des fleurs blanches entouraient ma photo en format géant. Un orchestre installé dans le chœur jouait un air de musique baroque. Sébastien avait tout sonorisé. Chacun se déplaçait au micro pour dire combien j'étais attachant, généreux, intelligent, épatant, courageux. Même mon père ! Un moment très émouvant. Je m'endormais baigné de larmes, et formidablement heureux.

Désormais, il n'y aura plus personne pour me pleurer. Mes parents sont enfermés dans leur caveau et Sébastien est... parti, lui aussi. Et il me manque beaucoup... Énormément.

Quand ses crises de cafard se sont espacées, il a consacré plus de temps à la musique, au bidouillage électroacoustique, à l'observation des étoiles et des nébuleuses, aux sorties avec ses potes et avec moi. Le décès de Cédric semblait moins l'accabler. J'ignore comment il a fait. Dommage, parce que ça m'aiderait.

Ouais, ça m'aiderait vachement de savoir comment on continue. Hein, Seb ? Comment on trouve la force de continuer ?

Louise s'étonne de me voir chipoter la nourriture dans mon assiette. Je lui dis que c'est à cause des pilules que j'ingurgite. Dès le repas terminé, je remonte dans ma chambre. Mon épaule me tiraille méchamment, les médocs n'apaisent pas grand-chose. Je m'allonge.

Pourquoi j'en suis là, avec tous ces cadavres autour de moi et les hommes en noir qui s'apprêtent à débarquer ici ? Il ne faut pas qu'il arrive malheur aux Grandjar. Je n'ai plus le couteau d'Henri et je suis trop fatigué pour fuir dans la forêt. Alors, je vais partir dans un coin où j'ai été heureux, où je trouverai peut-être des réponses à mes questions. Ce n'est pas très loin.

31

Retour vers le passé

Sous le toit, ma chambre se transforme en sauna. Je descends m'asseoir à l'ombre sur le banc de la cour. J'ai pris le livre de Jules Vallès. Sur la couverture, un gamin en blouse noire me fixe d'un air triste. Petit, tu t'en sors comment, toi ? Moi, j'ai connu des jours meilleurs. Les gendarmes sont partis en me disant : « N'hésite pas à nous appeler si tu as des inquiétudes. » Ben, je n'arrête pas d'en avoir, des inquiétudes ! Va trouver de la cohérence là-dedans. J'ai mis ma casquette de base-ball et mes lunettes de soleil. Je porte le jean noir et j'ai réussi à enfiler le polo de Philippe : Jérôme *in black*.

Louise marche vers moi.

– Viens donc avec nous à Saulieu. Il y a une foire ce samedi, ça te changera les idées.

L'occasion que j'attendais ! Un blouson sur le dos et le bras passé dans l'écharpe, je monte dans le monospace. J'évite de regarder les Grandjar, je sais que je vais les décevoir. Nous garons la bagnole sur le parking de la gare, puis nous nous dirigeons vers le centre-ville. Les rues sont envahies par les touristes, on s'y bouscule. Henri part se renseigner sur les faneuses exposées du côté de la basilique Sainte-Blandoche. Je l'accompagne. Deux agriculteurs le saluent, des amis sans doute. Pendant qu'ils échangent des nouvelles, je me glisse dans son dos. En trois secondes, j'ai filé.

Voilà le taureau de Pompon, sombre et puissant. L'hôpital est à proximité. Je ne dois pas penser à Philippe ni à mes soignants sympas. J'aperçois le porche, et les portes à ouverture automatique qui coulissent en sifflant. Déconne pas, Jérôme, c'est fini, tout ça ! Ce que je cherche se trouve un peu plus loin. Le car régional stationne déjà à côté du panneau. Je vérifie qu'il se rend à Dijon, et je demande au chauffeur s'il s'arrête à Rémilly-le-Bas. Il répond par l'affirmative. Avec l'argent chipé dans le porte-monnaie de Louise, j'ai de quoi payer le billet. Le mec semble surpris, vu que je n'ai aucun bagage, mais il ne fait aucun commentaire. Je m'installe sur un siège au fond. Reste à patienter jusqu'au départ. Les minutes paraissent interminables. Je me laisse glisser pour n'avoir que les yeux qui dépassent de la vitre. Enfin, le car démarre ! Personne ne m'a empêché de fuir cette fois-ci. La suspension souple me berce doucement. Je lutte pour ne pas m'endormir. Pas facile...

J'ai failli manquer l'arrêt, j'avais piqué un somme ! Heureusement, un coup de frein m'a réveillé. Nous entrons dans Sombernon, la ville qui précède ma destination. J'attends qu'on ait redémarré pour me lever. Voilà, je m'approche du chauffeur, je lui demande s'il peut me déposer au croisement de la départementale avec la voie communale qui monte à Rémilly-le-Haut. Ma voix tremble un peu, j'ai la trouille qu'il refuse. Après avoir jeté un œil à mon bras en écharpe, il accepte.

Quelques kilomètres plus loin, le car stoppe en couinant. J'atterris sur le bas-côté herbeux et je laisse le lourd véhicule poursuivre vers Rémilly-le-Bas. Je gravis la petite route. Le ciel s'est assombri, le soir approche. Je marche vers la maison que mes parents louaient chaque année. Ma chambre se situait au rez-de-chaussée. Très pratique, je sortais discrètement par la fenêtre quand j'en avais envie. Je passais de super vacances. Là au moins, j'ai été heureux. Je ne signalais pas toujours à mon père ni à ma mère que je rejoignais Seb dans la fermette en bas de la colline. Des manigances de sale « petit comploteur hypocrite », hein, Papa ?

Sébastien avait installé une méga chaîne hi-fi dans sa baraque. Il était dingue de musique. Je filais le voir dès que je pouvais. Un après-midi, il a mis un CD de Bach, avec un morceau vraiment jazzy, alors on a retourné des seaux en plastique pour taper dessus, on s'est déchaînés, du délire ! On frappait comme des fous, le volume à fond dans les oreilles, avec un rythme de ouf. Les gens devaient nous entendre jusqu'à Sombernon ! Je le rejoignais aussi le soir, à la nuit tombée, pour observer les étoiles. Il avait un télescope hyper puissant, avec monture azimutale, inverseur terrestre et un moteur électrique pour compenser la rotation de la Terre. Son matos perfectionné nous permettait de distinguer des galaxies *au-delà* de la Voie lactée. Waouh, l'émotion d'apercevoir la galaxie d'Andromède !

Pour l'instant, Vénus brille seule dans le ciel. Des sphinx nocturnes commencent à vibrionner autour de moi, je les chasse d'une main. Mon mal de crâne se réveille, il me pilonne le cerveau, et j'ai oublié d'emporter mes médicaments. Quel nul !

J'arrive à un embranchement. À droite, une route descend vers la fermette de Sébastien. À gauche, elle aboutit à notre maison. Combien de fois je l'ai parcouru, ce chemin ! Je marchais joyeusement, je courais presque pour rejoindre mon copain. Et un soir, Seb, je t'ai amené les tueurs. De sales tueurs, sortis d'on ne sait où. Qui sont les hommes en noir ? Vous voyez, Philippe, je me pose les mêmes questions que vous. Je suis venu jusqu'ici pour me rappeler, pour combler les trous de ma mémoire, pour comprendre. Parce que c'est insupportable de ne pas trouver de sens à cette catastrophe.

Voilà la maison. Pas de lumière, pas de voiture dans le garage. Apparemment, le proprio ne l'a pas louée à nouveau. Tant mieux. Mes parents cachaient une clef sous un pot de fleurs. Oui, elle est encore là. Je l'introduis dans la serrure, elle fonctionne, je peux entrer. Non, il y a un ruban adhésif rouge en travers. Pourquoi ? Je l'arrache. Ça n'améliore pas les choses, le battant reste coincé. Le chambranle de la porte a toujours été de guingois. Pas question de donner un coup d'épaule. Avec le pied peut-être ? Ouais, ça débloque le passage.

Je n'allume pas le plafonnier, il ne faut pas qu'on repère ma présence ici. Dans la pénombre, la salle de séjour paraît bien rangée. Quand je pense à la pagaille à notre départ ! Tiens, le plaid qui recouvrait le canapé a disparu. Par contre, les coussins sont encore là. Parfait, je dormirai dessus. Aucune envie de retourner dans la chambre que j'occupais. Trop de souvenirs douloureux. Je dégage mon bras de l'écharpe et j'ôte mon blouson, puis je m'allonge. Ma migraine commence à se calmer.

Je ne suis pas loin de chez Sébastien. Qui est mort, et qu'ils ont balancé dans un fossé. Pourquoi ramasser son corps pour le jeter plus loin ? Qu'est-ce que ces salauds cherchaient à faire avec ce genre de stupidité ? Ils n'ont vraiment aucune pitié, ils s'acharnent même sur les macchabées ! J'ai bien eu raison de m'enfuir du Défens, je mettais en danger la famille Grandjar.

La nuit s'installe. Comment on s'y prend pour « regarder la vérité en face » ? Hein, Philippe, plutôt difficile, non ? Surtout quand on est fatigué... tellement fatigué... que le sommeil vous embrouille la tête...

Je n'arrive même plus à penser un truc sensé...

Suis parti pour dormir un siècle...

32

Les hommes en noir

Le froid me réveille. Je ramasse mon blouson pour l'étendre sur moi. Un peu court comme couverture, je me pelotonne dessous. La chaleur revient doucement. Je n'ai pas réussi à verrouiller la porte d'entrée à cause du chambranle bancal. Et de mon épaule amochée. Tant pis, pas envie de bricoler à deux heures du mat'. Je garde les yeux ouverts. Impossible de retrouver le sommeil. Les volets déroulants laissent passer de fines raies de lumière pâle. La lune s'est levée.

Mon estomac gargouille, j'ai faim. Il reste peut-être quelque chose à manger dans la maison. Je pars inspecter les placards de la cuisine. Rien de comestible, à part une vieille biscotte que j'avale en deux bouchées. Ma mère aimait les biscottes. Dans un coin, je tombe sur un paquet de sucre en poudre entamé. J'en mange un peu. Ça me donne soif. Est-ce que l'eau a été coupée ? Non, je remplis un verre. Je m'en sers un second. J'explore maintenant le buffet de la salle de séjour. Je tâte prudemment avec les doigts. Tiens, une bouteille. D'après son poids, elle contient quelque chose. Du vin, du sirop, du soda ? Je la sors et débouche le flacon. Hum, un alcool fort. Certainement le whisky que Papa prenait le soir avant de dîner. La faim continue à m'irriter l'estomac. Je porte le goulot à mes lèvres et j'essaie d'avaler une gorgée. Ça arrache ! Je m'étrangle à moitié ! « Petite nature », dirait mon père. Ben non, je manque d'habitude, c'est tout. Une bouffée de chaleur me fait transpirer tout à coup. Je me rallonge sur le canapé.

J'ai été heureux ici. Et la vie a fichu le camp. C'est fou, je ne me suis douté de rien. J'aurais pu empêcher cette catastrophe.

O.K., Seb, le temps se déroule dans un seul sens. Impossible de corriger ses erreurs ni de réparer ce qui s'est passé... Ce monde est mal fichu. Les innocents se font dégommer, et les parents ne parviennent pas à protéger leur enfant.

Quand même, j'aurais dû bloquer la porte avec le dossier d'une chaise. Parce que si les hommes en noir apprennent ma fuite, ils penseront forcément à Rémilly...

Ils connaissent le coin, ce sera facile pour eux de...

ce n'est pas très prudent de...

et je ne...

...

AOUCH ! Sur le carrelage ! Qui m'a balancé par terre ? VITE, je me mets à genoux, j'inspecte le salon... Personne, fausse alerte. J'ai dû bouger en dormant et j'ai basculé. Je me rallonge sur les coussins. Ma migraine se calme un peu. Bon, maintenant, faut que je me souvienne de ce qui s'est passé, que des images me reviennent... Je suis venu ici pour ça... Toujours rien... aucune trace dans ma caboche ! Ma mémoire divague encore. Échec total de ma stratégie hasardeuse, mon lobe frontal débloque plus que jamais. Je me lève. J'ai dû me tromper d'endroit. Ben oui, je dois retourner à la fermette, sur la « scène du crime », chez Sébastien ! Là-bas, je me rappellerai.

Pour l'instant, j'ai froid et mon ventre continue à gargouiller. Vite, un petit coup de carburant avant de partir. Une gorgée. Ou deux. Pour la route. Purée, vachement fort, ce whisky, mais il me donne la pêche. Allons-y. La lune éclaire le chemin désert. Oh oh, ça tangue. Gaffe, Jérôme ! La température est plutôt fraîche. Où est passé mon blouson ? J'ai oublié. Tant pis ! Bon sang, je me les gèle et, en même temps, je suis en sueur. Expliquez-moi cette bizarrerie !

Ah, j'aperçois Altaïr. J'aime bien cette étoile, elle se balade tout près de nous, à 17 années-lumière. Et devinez quoi : Sébastien avait dix-sept ans. Coïncidence ? Ben non, nous sommes en permanence en connexion avec *touuuut* le cosmos, et possiblement, je dis bien *possiblement*, avec les âmes errantes des jeunes qui ont été dézingués par des porte-flingues douteux !

La petite route conduit direct à la fermette, je peux pas la louper. Avant d'y arriver, on franchit l'A38. La preuve, messieurs-dames, me voilà au-dessus de l'autoroute ! Les voitures filent à pleine vitesse. Fascinant. Parfois, des gens désespérés se balancent du haut d'un pont. Ouais, j'ai lu ça quelque part. Ils enjambent la balustrade, et badam ! Ici, la rambarde en métal n'est pas haute. Si les hommes en noir me voient, ils en profiteront pour me pousser dans le vide. Peut-être qu'ils m'ont suivi et qu'ils approchent. Ce sera un accident : l'ado était complètement torché, il a basculé par-dessus bord. Une chute fatale. Pas de témoin, pas d'assassin. Affaire classée !

Où vous cachez-vous, meurtriers à la gomme ? « On ne trouve aucune trace de ces inconnus », répète le capitaine Larrieu. Eh ben, il a raison : nada, que dalle, zéro indice. Où êtes-vous planqués ? Quand est-ce que vous me trucidez ? Ce serait mieux pour tout le monde, vous savez. En particulier pour moi. Parce que vivre avec ça, j'y arrive plus, figurez-vous.

Les bagnoles continuent à se précipiter sous le pont. Et je n'ai pas le courage de sauter. Les autos paraissent minuscules. Si je rate mon coup, je finis infirme. Ou alors, il faudrait un gros camion. Je m'accroche des deux mains au parapet. Philippe, avant de plonger, je voudrais découvrir qui est l'homme qui nous a tirés dessus.

M'sieur l'assassin en chef, où êtes-vous ? Monsieur le tueur qui zigouille les innocents, et mon copain en l'occurrence, montrez-vous ! Et votre chien noir, hein ? Où il est, votre clébard vicieux ? Parce qu'il est méchant, ce cabot ! Comme celui qu'avait mon père. Une mocheté de bête cruelle !

Personne ne répond. Vous ricanez, je le vois bien. Ouais, d'accord, tout est ma faute. Je suis le garçon qui a fichu la pagaille !

Celui qui a dépassé *touuuutes* les bornes d'un coup ! Celui qui a balancé notre vie en l'air ! Sur la carte d'anniversaire, j'écrivais à Seb que j'étais « amoureux » de lui ! C'est dingue d'écrire ça à un mec, il n'y a que les pédés qui font ce genre de choses, hein ? Papa, ton fils est pédé, qu'est-ce que tu dis de ça ? Inacceptable, pas vrai ? C'est pas *normal* d'aimer d'amour un autre garçon, faut être complètement timbré ! Et qu'aurait répondu mon copain, s'il avait lu ma feuille remplie de ces mots d'amour stupides ? Hein, Seb ? T'aurais ouvert des yeux horrifiés, t'aurais pris un air dégoûté ? Tu m'aurais cogné, tu aurais crié : « Dégage, tapette ! » ? Ou bien, peut-être... Sébastien, est-ce que tu m'aurais aimé un peu ? Même « un peu », ça aurait été formidable, tu sais ?

Ben non, t'as pas eu le temps de répondre, t'as jamais reçu ma lettre. Les coups de feu nous ont dégommés avant. Pour nous punir, pour raturer nos vies de débiles ! Les hommes en noir ont horreur des tantouses, ils trucident les pédés ! Voilà le pourquoi du comment, monsieur le psy de l'hôpital de mes deux ! Et ils ont cru que Seb était homo. Simplement parce que je l'aimais. Alors qu'on n'en sait rien, on n'en sait fichtrement rien, et on ne le saura jamais ! Un comble, non ?

Les voitures filent sur l'autoroute. J'ai peur de souffrir en tombant. Le choc du crash, pas envie de revivre ça. Même avec un gros camion, je ne pense pas qu'on évite la douleur...

Quoi, quelqu'un me parle ? Des lumières bleues qui clignotent... c'est l'effet de l'alcool ? Non, des gyrophares. Qu'est-ce que c'est que ce cirque ? Des gendarmes aux deux extrémités du pont. On dirait qu'il y a aussi mon psy, avec ma juge. Qu'est-ce qu'ils fichent ici ? Oups, j'ai du mal à rester en équilibre.

– Docteur Bertin, c'est vous ?

– Oui, Jérôme, nous sommes là pour t'aider.

– Philippe, j'ai pas trouvé les hommes en noir, j'y suis pas arrivé !

– Calme-toi, Jérôme.

– Ils ont tiré sur Sébastien, et j'ai pas été capable de les empêcher !

– La mort de ton ami est totalement injuste, tu as risqué ta vie pour lui...

– J'AI PAS RÉUSSI À LE SAUVER !

– Tu as tenté du mieux que tu as pu.

– Faut que ça s'arrête, j'en ai tellement assez...

– Nous venons te secourir.

– Philippe, j'ai pas sauté sur l'autoroute, j'ai peur de souffrir.

– NE SAUTE PAS ! Surtout, ne saute pas !

– Ils me poursuivent depuis si longtemps...

– Jérôme, les gendarmes sont autour de toi, ils te protègent.

– Faut qu'ils capturent les assassins ! Ces types nous détestent, pourtant on n'a rien fait de mal, pas vrai ?

– Tu n'as rien fait de mal, ne t'inquiète pas.

– Ce sont eux qui nous ont tués !

– Écoute, Jérôme, je crois que nous savons ce qui s'est passé. Ne bouge pas, je m'approche doucement, tu vois ? Les enquêteurs ont fouillé le jardin de la maison que tu occupais, tout près d'ici. Ils ont trouvé des choses enterrées : un pistolet, un plaid et des vêtements tachés de sang. Des vêtements à ta taille.

Qu'est-ce qu'il me raconte ? Les hommes en noir sont revenus cacher un flingue chez nous ? Je tangue de plus en plus, les mains agrippées à la rambarde. J'ai peur de me répandre sur l'autoroute. Un poids lourd approche.

– Philippe, j'ai la trouille de...

– JÉRÔME, NE ME QUITTE PAS DES YEUX ! Voilà, écoute-moi. Ton père possédait une arme, il s'entraînait au tir parfois, n'est-ce pas ?

– Hein ? Le pistolet de Papa ? Oui, il préparait le concours régional. Il avait fait des cartons cet après-midi-là.

– Et quand il y a eu la dispute...

– Y a pas eu de dispute ! Ce sont ces types en noir qui ont surgi en hurlant de rage ! Ils voulaient nous punir !

– Jérôme, nous sommes désolés pour ton ami. Je suis persuadé que la colère a égaré ton père...

Mon père ? Papa ? Comment ça, Papa !

– VOUS DITES N'IMPORTE QUOI ! POURQUOI VOUS ME RACONTEZ CES SALES MENSONGES ?

Qu'il se taise, surtout qu'il se taise ! J'en ai le souffle coupé.

Et si mon père...

Non, c'est impossible...

Papa ?

Ce serait insupportable...

Pourtant, si c'était vrai.

Pitié, pas ce genre de calamité !

Et pourtant...

« Qu'est-ce que tu as fait ? » répétait Maman. Elle s'adressait à Papa ! À PAPA ! Qui n'écoutait pas, qui ne répondait pas ! Papa qui arrachait mes vêtements couverts de sang ! Et qui est sorti dans le jardin après que ma mère m'ait soigné.

PAPA, QU'EST-CE QUE TU AS FAIT ?

Je me souviens... mon père hurlant, fou de rage... Parce qu'il avait lu ma carte d'anniversaire, que j'avais laissée traîner dans ma chambre. Bon sang, qu'est-ce qui t'a traversé la tête, Papa ? Ton fils ne pouvait pas être un petit pédé, hein ? Pas de ça dans la famille ! Alors, c'était forcément Sébastien le responsable. Sébastien qui m'avait « perverti », Sébastien qui devait disparaître ! Mais, Papa, mon copain n'était même pas au courant !

– Jérôme, ton père s'est laissé emporter par une colère injustifiable.

– J'ai voulu l'empêcher de tirer, j' vous jure !

– Il ne faut pas te sentir coupable de ce qui s'est passé ce soir-là.

– Mais si, c'est à cause de moi ! De ce que j'ai écrit à Seb ! Alors, Papa m'a suivi, et je m'en suis pas aperçu !

– Les Grandjar nous ont montré la carte d'anniversaire que tu destinais à Sébastien. Ils l'ont trouvée dans ta chambre, nous l'avons lue. Son contenu n'aurait jamais dû provoquer de drame, tu ne faisais qu'exposer tes sentiments, les élans de ton cœur. C'est ton père l'auteur de cette tragédie, il a plongé dans une violence qui n'avait aucun sens, *lui seul* est responsable.

Mon psy avance encore d'un pas. Ça m'affole tout à coup.

– Attendez, Philippe, et les hommes en noir ? Ce sont eux qui ont obligé mon papa à prendre le pistolet, sinon il ne m'aurait jamais tiré dessus. Il n'aurait jamais tiré sur moi ! C'est pas possible, ça ! UN PÈRE NE TIRE PAS SUR SON FILS !

Papa n'était pas si mauvais. Parfois, il ne pigeait rien, mais il n'était pas si mauvais. Tandis que ces salauds d'hommes en noir...

– Philippe, pourquoi vous ne répondez pas ?

Mon psy lève les bras, comme pour me retenir. Je trouve ça terrifiant. Il dit doucement :

– Écoute-moi, Jérôme.

– Ne me regardez pas comme ça !

– Il n'y a jamais eu personne d'autre. Il n'y a pas d'hommes en noir.

– NOOOOOOON !

– JÉRÔME ! Je t'en conjure, éloigne-toi de ce parapet !

Philippe est maintenant à quelques mètres. J'ai peur, tellement peur de ce que j'entends. Pas d'hommes en noir ? Alors, je suis devenu fou ? Et la bagnole qui nous a rattrapés sur la route... Rien ? Personne ? Et le pont... Papa nous a précipités dans le vide ? Pour en finir ? Pour nous supprimer ? Pour tout effacer ? C'est quoi, cette vie lamentable ? Un père meurtrier, un ami massacré, une mère fracassée... Il suffirait que j'enjambe la rambarde et, enfin, la paix. Ou l'enfer. Ou le néant... Un camion approche. Un gros camion...

AAAH ! Philippe me percute. Nous basculons sur le trottoir. Aïe, mon épaule ! Des gendarmes accourent. Mon psy me redresse, il s'agenouille à côté de moi... Philippe, je voudrais vous dire ce que Papa n'a jamais accepté de comprendre. Je saisis son blouson, je rassemble mes forces.

– Philippe, je suis pédé.

– Jérôme, je regrette de n'avoir pas su t'aider mieux que ça.

Je m'accroche au tissu de son vêtement. Il ne m'écarte pas de lui. Au contraire, il me maintient assis, avec une main dans mon dos. Mon psy ne craint pas d'avoir un petit pédé cramponné à sa veste. Personne ne se moque de moi, malgré mes hommes en noir ectoplasmes et les mots d'amour écrits sur la carte d'anniversaire. Pas d'injure, pas de ricanement, pas de regard cruel. On me place une parka sur les épaules pour me réchauffer, on me donne du café brûlant, que je trouve amer, on s'inquiète de savoir si je suis blessé. Non, ce n'est rien, presque rien. Une femme gendarme s'accroupit à mes côtés, elle essuie délicatement mes joues mouillées pour enlever le gravier qui s'y est collé, elle m'adresse un sourire que je ne parviens pas à lui rendre.

Sur le sol, près de mes jambes, un brin d'herbe pousse dans une fissure entre le trottoir et la chaussée. Je n'arrête pas de scruter cette fichue plante sauvage et je me répète : « Pas d'hommes en noir ! » J'ai baladé tout le monde avec mon histoire de malfrats, un scénario de ouf ! Mes neurones sont définitivement cramés.

J'ai peur, Sébastien, très peur. On va m'enfermer dans un asile pour ados givrés.

33

La nuit s'éclaircit

Quelqu'un m'ôte des doigts le gobelet vide. Des gens me frôlent, d'autres discutent entre eux. Je ne veux plus bouger d'ici, même si ça caille. Je m'agrippe toujours au vêtement de Philippe, qui reste à mes côtés. J'allais me tuer et mon psy m'a sauvé.

Ma juge s'approche, elle se penche vers moi pour savoir si je me sens mieux. Je ne trouve rien à répondre. Elle a les yeux humides. À cause de moi ? Je tente de murmurer un truc pour la rassurer, mais ça donne un gargouillis incompréhensible. Elle me sourit quand même et pose sa main sur la mienne, doucement.

On me relève. Philippe m'aide à rester en équilibre. Il me tient serré contre lui. Papa ne m'a jamais tenu comme ça. Parce que je suis un mauvais fils ? Le doc me glisse à l'oreille :

– Ton père avait beaucoup d'alcool dans le sang, il n'a sans doute pas voulu vous tuer sur l'autoroute. Vous rouliez très vite et la chaussée était humide, il aura perdu le contrôle de la voiture.

Un type bourré qui part dans le décor avec sa famille, un accident banal... Ouais, ce serait mieux. On me demande de monter dans un Duster bleu. O.K., je m'assois à côté de Philippe. Je garde mes doigts crispés sur son blouson. Je ne peux pas les desserrer, sinon je meurs. La gendarme qui m'a essuyé les joues s'installe au volant et ma juge sur le siège passager. Elle parle du chauffeur de car qui a signalé aux flics un jeune mineur avec un bras en écharpe. Ce mec m'a sauvé la vie, lui aussi.

L'auto démarre. Qu'est-ce que Philippe et Mme Nodier pensent de mes délires avec les hommes en noir ? Ils discutent entre eux. J'ai peur de connaître leur conclusion : l'ado au crâne cabossé a plusieurs cases en moins dans le cerveau. Une fois de plus, j'ai fichu le bazar. Je crée des soucis à tout le monde. Je les embête même un samedi en pleine nuit. Et en plus, j'aimais un garçon ! Ils vont supporter ça ? Mon psy prend la parole.

– Jérôme, désolé de m'être précipité sur toi, je craignais que tu ne te jettes dans le vide.

– Je voyais le camion approcher...

– Es-tu encore effrayé ?

J'approuve de la tête. Oui, vachement.

– Il ne faut pas, tu n'es plus en danger. Tu viens de franchir une étape importante, tu as réussi à affronter la vérité. Le chemin est dégagé pour que tu te libères de ce passé douloureux.

– Ouais, mais... j'ai... je suis devenu un peu cinglé, non ?

– Aucunement. Tu t'es débarrassé du souvenir-écran que ton inconscient avait inventé pour masquer une réalité insoutenable. Nous continuerons ensemble afin que l'épreuve que tu as traversée ne gâche plus ta vie.

– Ah bon. D'accord.

Alors, Zoé avait raison avec ses petites remarques à deux balles. Oui, faut regarder cette fichue vérité en face. Et je vais continuer avec Philippe, qui ne me laisse pas tomber. La voiture s'arrête à un stop. Mme Nodier se tourne vers moi.

– Je viens de prévenir ta famille d'accueil. Si tu avais entendu leurs cris de joie ! Ils sont soulagés d'apprendre que tu es sain et sauf. Ils comptent beaucoup sur ton retour. M. Grandjar m'a dit : « Peu importe que Jérôme soit gay, l'essentiel est qu'il se sente bien avec nous. »

Philippe ajoute :

– Que tu aies aimé un garçon, ça ne change rien pour les Grandjar. Pour nous non plus. Il n'y a aucune raison d'ailleurs. Ne te tracasse pas avec ça.

La famille Grandjar veut bien de moi... Ils ne sont pourtant pas obligés... Nous prenons l'autoroute. La juge annonce qu'une fois à Dijon on me laissera dans un foyer pour la nuit. Quoi ? Mon psy ne bronche pas. Au contraire, il me sourit.

– Tu dormiras au chaud dans un bon lit.

Je lui lance un regard affolé. Il poursuit :

– Tu y seras tranquille.

Ben, je balise un max, doc, alors je ne risque pas d'y roupiller « tranquille » !

– Jérôme, en arrivant à Dijon, je te donnerai de la mélatonine pour faciliter ton sommeil. C'est une substance naturelle, pas une drogue.

– Merci.

– Il te reste à répondre aux questions des enquêteurs. Il faut bien en passer par là. Ils cherchent simplement à établir les circonstances de ce drame. Tu n'as plus à porter des secrets qui empoisonnent ton existence. Dépose ton fardeau.

Ouais, déposer mon fardeau, et me libérer de tout ça. Philippe reprend d'une voix ferme :

– Et dis-toi bien que tu n'es pas fou.

Pas vraiment détraqué. Tant mieux. Mme Nodier se tourne de nouveau vers moi.

– Au milieu de la matinée, les gendarmes procéderont à ton audition.

– Bah, ça risque d'être tendu, je les ai baladés, avec les hommes en noir.

– Non, je veillerai à ce que cet entretien se déroule dans les meilleures conditions.

– O.K.

– Rassure-toi, on te respectera.

Ma juge va recadrer les flics. Je peux compter sur elle, cette femme se décarcasse même à deux heures du mat' pour m'aider ! Le bitume défile dans la lueur des phares. La nuit s'éclaircit un peu. Je laisse mes doigts se desserrer... J'aimerais demander un truc à Philippe, mais je n'ose pas. Peut-être que si.

– Est-ce que vous avez pensé... un jour... pour votre fils... euh...

– Je t'écoute.

– Que vous auriez préféré... en avoir un autre... à sa place ?

– Non, jamais.

– Pourtant, il n'est pas... normal.

– Il souffre d'un handicap moteur cérébral, à part ça il est « normal ». Il a beaucoup d'humour, il compose de la musique ébouriffante, et il a un courage énorme. Il me remplit de joie.

– Alors, il a bien de la chance de vous avoir.

– Jérôme, je suis certain que ton père t'aimait, lui aussi... Mal, mais il t'aimait... Je ne cherche pas à le défendre, je te dis simplement ce que je pense.

Je regarde les ombres qui bordent la route. Papa m'aimait peut-être, mais il a bousillé ma vie. Parce que je suis différent... ou parce qu'il avait des idées bizarres dans la tête ?

La juge parle à quelqu'un dans son téléphone, puis elle me dit :

– On te ramènera au Défens en fin de journée.

Très bien, je retourne chez moi. La gendarme me signale que ses collègues ont récupéré mon écharpe de contention dans la maison, ils me la remettront au foyer. Je la remercie. Mes paupières se ferment.

Le dernier souvenir que j'ai de ma mère, ce sont ses mains qui s'activaient pour confectionner le pansement bricolé. M'man, t'as essayé de me sauver. Possible même que tu aies compris combien j'aimais mon ami. Malheureusement, c'était trop tard.

Sébastien, je n'ai jamais pu te dire les mots d'amour que j'avais écrits sur ma carte. Si ça se trouve, tu n'aurais pas été hyper choqué en les entendant.

Et ne vous inquiétez pas, on m'attend au Défens.

Remerciements

Des remerciements s'imposent, tant cette aventure littéraire n'aurait pu aboutir sans l'aide de nombreuses personnes. Je commence par le soutien de mes proches, ma femme et mes enfants, je leur dois énormément, et je les embrasse. Ce livre n'aurait tout simplement pas existé sans l'appui efficace de mon éditrice, Mélanie Perry, qui a su avec son équipe accompagner et guider les dernières étapes de la rédaction. Ensuite, je souhaite adresser ma reconnaissance à mes premiers lecteurs, qui m'ont prodigué amicalement leurs conseils : Serge Hefez, Yvan Quintin, Marie-Ange Schiltz, Éric Verdier. Pour m'aider à me repérer dans le domaine complexe des tribunaux et de la protection de l'enfance, j'ai eu le privilège de recevoir les avis éclairés de Fabienne Lamoril Lagarde et Franck Renaud. Ce texte a aussi profité des remarques de mon team de relectrices/relecteur du Monde de l'Écriture, à qui j'envoie d'innombrables mercis : Angélique Absil, Cyamme, Amandine Morin, Richard-James, Sophie. Enfin, ce roman a bénéficié des précieuses notes de lecture de Julien Billion, Paule Lunven, Maryse Marpsat et Catherine Neykov, ainsi que des commentaires d'une grande profondeur de Katja Schubert. Je ne peux clore ces remerciements sans avoir une pensée pour les personnes des minorités sexuelles qui ont été interviewées au cours de mes travaux de recherche avec Éric Verdier, lorsque j'étais sociologue, et qui ont partagé avec nous les moments de détresse de leur adolescence, leurs aspirations, et leur espérance pour un monde plus juste. C'est pour elles que j'ai voulu mettre en scène et en mots l'histoire de Jérôme.

Jean M. Firdion

© Audrey Dufer

Jean M. Firdion est né en 1950 à Paris. Il a connu plusieurs vies professionnelles, tout d'abord ingénieur informaticien, puis sociologue dans un centre de recherche. Ses travaux ont porté sur l'exclusion sociale et les populations marginales. Il aime lire des livres qui saisissent le cœur et entraînent le lecteur plus loin, voir des films indépendants qui conduisent le spectateur à découvrir une réalité décalée, et écouter de la musique baroque, postromantique et contemporaine.

Les romans Didier Jeunesse

Mondes imaginaires, chroniques du quotidien, humour, aventure. Une grande variété de genres, portée par de nouvelles plumes acérées et tout en émotions.

Bluebird

Tristan Koëgel

Le destin incroyable d'une jeune chanteuse de blues, la vie de toute une plantation de coton qui bascule, un souffle romanesque prodigieux.

Par la fenêtre s'étalait sous mon nez la vallée du Mississippi. Vaste. Verte. Elle n'était pas vilaine, cette vallée. Les hauts arbres de ses forêts où nichaient des milliers d'oiseaux la rendaient presque réconfortante quand on venait de la ville. Et ses champs, ses champs si grands, on s'y voyait courir, le parfum de leurs fleurs nous faisait déjà tourner la tête. Mais si on tendait l'oreille, au plus près de ces champs, on entendait monter une drôle de voix, par-dessus les forêts, plus haut que les nuages. La voix de ceux qui ont sculpté le Delta. La voix de ces hommes, et de ces femmes, qu'on disait libres et qui travaillaient pourtant comme des chiens, là où leurs ancêtres avaient déjà creusé leur tombe en raclant contre la terre les chaînes qui leur rongeaient les pieds. Ces voix ne gémissaient pas, ces voix chantaient. Des chansons où les chevaux s'évadent, où les lapins échappent aux renards, où les corbeaux sont plumés, et où les femmes finissent par s'en aller.

Voilà vers quoi je retournais, six ans plus tard, installée dans ce compartiment comme une princesse dans son carrosse.

Barracuda For Ever

Pascal Ruter

L'histoire haute en couleur d'une belle complicité entre un grand-père déjanté et son petit-fils.
Pour rire aux éclats et être ému jusqu'aux larmes !

– Mon Coco, je te nomme mon aide de camp. Léonard Bonheur est nommé aide de camp. Voilà, c'est officiel.

– À vos ordres, mon Empereur ! dis-je en imitant le soldat qui se met au garde à vous.

– On va attaquer les ampoules grillées. On verra l'avenir beaucoup plus clairement ! Hein Coco ?

– Ça c'est sûr.

Je tenais un tabouret sur lequel il grimpa pour dévisser l'ampoule.

– Tu es certain d'avoir coupé le jus, grand-père ?

– T'inquiète, Coco. Et m'appelle pas grand-père.

– D'accord, grand-père. Je m'inquiète pas mais je voudrais pas que tu fasses comme Cloclo.

– Pauvre Cloclo, quand j'y pense ça me fait toujours un coup ! Un coup de jus... Ah, ah !

Il riait tellement qu'il avait du mal à tenir sur le tabouret.

– Soyons sérieux, passe-moi la nouvelle ampoule.

Des étincelles jaillirent dans sa main. Noir complet.

Hôtel Grand Amour

Sjoerd Kuyper

Vic et ses trois sœurs fantasques ont un défi : maintenir à flot l'hôtel familial, après l'hospitalisation de leur père. Les ennuis commencent, mais les parties de fou rire aussi !

Je me suis dirigé vers la première table, j'ai trébuché, j'ai réussi à rattraper un verre de vin in extremis, mais un flétan brûlant a glissé de son assiette et atterri sur les genoux d'une dame qui a levé les bras en l'air sous l'effet de la panique, de sorte que, malgré elle, elle a vidé le contenu du verre de vin qu'elle tenait à la main sur la tête de l'homme assis à la table derrière elle, tant et si bien que la perruque de ce monsieur a glissé sur ses yeux et qu'il s'est mis à agiter les bras en criant « Je suis aveugle ! Je suis aveugle ! » avec une telle effervescence qu'il a enfoncé son index dans l'œil de sa voisine, laquelle, de douleur, s'est penchée en avant et a heurté de son front le bord de son assiette, d'où sa pintade a été projetée dans les airs pour atterrir à moitié dans le verre de vin posé sur mon plateau, ce qui a évidemment eu pour effet de renverser ledit verre, dont le contenu s'est alors écoulé dans le col d'un homme assis à la première table qui, de surprise, s'est levé précipitamment, bousculant le client assis derrière lui, lequel est tombé la tête la première sur le bord de son assiette, projetant un autre flétan dans les airs, où il est resté suspendu un moment, dans une apparente béatitude. Parce que Læti est entrée dans la salle. Enfin, je crois.

Je m'étais figé au milieu de la pièce, complètement sous le choc, tenant toujours à la main le plateau débordant de vin. Il y avait un sifflement dans ma tête qui recouvrait tous les bruits extérieurs. Læti m'a adressé un clin d'œil. Juste à ce moment-là, le flétan brûlant a atterri sur ma tête. Les bruits sont revenus d'un coup. J'ai titubé en direction de Læti.

– Vic, bon sang, mais qu'est-ce que tu fabriques ? elle a demandé.

Journal d'un amnésique

Nathalie Somers

Immersion dans la tête d'un ado à la poursuite de sa vie... et de sa mémoire !

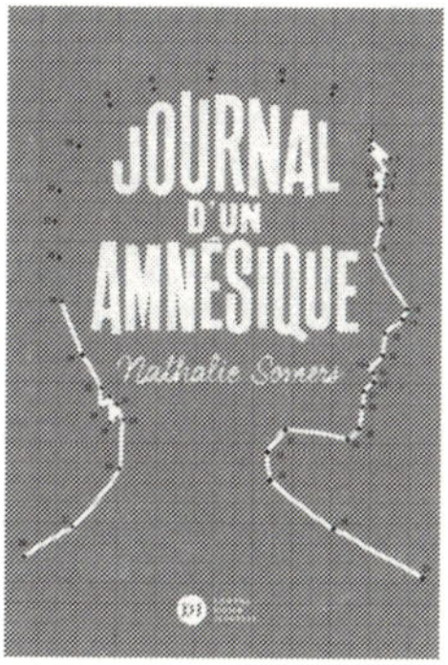

À 15 ans, le quotidien de Romain se transforme en film catastrophe. Il est incapable de reconnaître ses parents ni même son reflet dans une glace... le voilà amnésique, au secours ! Il décide de compiler chaque épisode de sa nouvelle vie dans un journal, et de se lancer dans une (en)quête d'identité. Entre ses parents cachottiers, l'éblouissante Morgane, l'énigmatique Adeline, le populaire Elias et sa bande calamiteuse, il est vite perdu... Perdu mais pas fichu, car l'un ou l'une d'entre eux pourrait bien l'aider d'une manière inattendue... Et si ce nouveau départ lui permettait enfin de vivre sa vie ?

60-62, rue Saint-André-des-Arts
75006 Paris
www.didier-jeunesse.com
Illustration de couverture : Patrick Connan
Composition, mise en pages et photogravure : IGS-CP (16)
ISBN : 978-2-278-09185-0 • Dépôt légal : 9185/01
N° d'impression : 1903136
Loi n° 49-956 du 16 juillet 1949 sur les publications destinées à la jeunesse

Achevé d'imprimer en France, à Alençon, en août 2019 chez Normandie Roto Impression s.a.s.,
imprimeur labellisé Imprim'Vert, sur papier composé de fibres naturelles renouvelables,
recyclables, fabriquées à partir de bois issus de forêts gérées durablement.